Adama de papel

Universo dos Livros Editora Ltda.
Rua do Bosque, 1589 – Bloco 2 – Conj. 603/606
CEP 01136-001 – Barra Funda – São Paulo/SP
Telefone/Fax: (11) 3392-3336
www.universodoslivros.com.br
e-mail: editor@universodoslivros.com.br
Siga-nos no Twitter: @univdoslivros

CATARINA MUNIZ

Adama de papel

São Paulo
2015

UNIVERSO DOS LIVROS

© 2015 by Universo dos Livros
Todos os direitos reservados e protegidos pela Lei 9.610 de 19/02/1998. Nenhuma parte deste livro, sem autorização prévia por escrito da editora, poderá ser reproduzida ou transmitida sejam quais forem os meios empregados: eletrônicos, mecânicos, fotográficos, gravação ou quaisquer outros.

Diretor editorial: Luis Matos
Editora-chefe: Marcia Batista
Assistentes editoriais: Aline Graça, Letícia Nakamura e Rodolfo Santana
Preparação: Bruna de Carvalho
Revisão: Juliana Gregolin e Saulo Alencastre
Arte: Francine C. Silva e Valdinei Gomes
Capa: Francine C. Silva

Dados Internacionais de Catalogação na Publicação (CIP)
Angélica Ilacqua CRB-8/7057

M935d

    Muniz, Catarina
    A dama de papel / Catarina Muniz. - - São Paulo : Universo dos Livros, 2015.
    256 p.
    ISBN: 978-85-7930-915-1

    1. Literatura brasileira 2. Literatura erótica I. Título

15-0845   CDD B869

I

Londres. 1875. A névoa da noite preenche os espaços entre os casebres, cortiços e as ruas enlameadas das áreas pobres e marginalizadas da cidade, onde se amontoam como ratos homens, mulheres, crianças, idosos. Um batalhão de miseráveis estrategicamente à margem da extraordinária riqueza que a ilha inglesa produzia. Apesar de literalmente serem as peças essenciais do fenomenal crescimento industrial, as grossas fatias menos favorecidas da população eram vistas como mero efeito colateral do espetacular desenvolvimento urbano, comercial e econômico. A pobreza era um mal necessário. E inevitável.

Nos bairros operários, o cheiro ocre da podridão do lixo e do esgoto já lhes era tão familiar que por vezes sequer o sentiam. A moral puritana e casta da Era Vitoriana parecia não surtir tanto efeito nessas áreas tomadas por prostitutas, mendigos, bêbados, assalariados e vândalos. Almas perdidas da prodigiosa Londres. Num dos inúmeros cortiços, ocupando um pequeno espaço de dois cômodos, um pobre e animado cabaré desafiava o silêncio e os lamentos da noite. Porta adentro e só se via o álcool, as gargalhadas, a devassidão. A música ressoava de algum lugar daquele ambiente tão humilde. Homens pobres, cansados, velhos, perdidos, frustrados afogavam na bebida, por momentos fugazes, a amargura da própria insignificância enquanto suas mãos passeavam pelas pernas das mulheres ali presentes. Viúvas, camponesas, imigrantes. Como eles, pobres, cansadas, perdidas, abandonadas. Aqueles que ali se entregavam à lascívia por poucas moedas e alguns goles viviam apenas um dia após o outro. Sem perspectivas, sonhos, planos. Sem posses de qualquer natureza. Nada havendo a perder, a liberdade torna-se a propriedade única. Inclusive a liberdade de não ser.

Naqueles dois cômodos, todas as noites, homens das mais variadas faixas etárias abandonavam finalmente a frieza das máquinas e aqueciam-se entre as pernas das treze fêmeas que ali se apinhavam. O bordel dividia-se em dois andares: o andar de baixo era o reino da embriaguez, dos jogos, das danças. O sexo era oferecido em qualquer canto de parede úmida e descascada, ou num pedaço de chão frio. Os vestidos escondiam partes de corpos que se movimentavam freneticamente por toda parte. A cena remetia a uma grande orgia caligulesca, despida porém do ouro, do conforto e da exuberância dos grandes salões ou, ainda, dos fartos banquetes. Ali, a fumaça e o aroma de vômito confundiam-se e só eram suportados porque havia coisas piores lá fora: o frio, a fome, a doença, a dor, a violência, a solidão. A realidade brutal da pobreza humana.

No andar de cima, um pequeno quarto. Simples, composto apenas por uma cama, uma tina de madeira utilizada em banhos esporádicos, uma velha cadeira, um espelho quebrado em cima de uma pequena mesa, uma janela de onde se via a rua imunda lá embaixo. Ali era o reino de Molly, a proprietária do bordel. Apenas ela e seus clientes podiam permanecer naquele quarto humilde e mal-iluminado por algumas velas. Molly, jovem mulher de vinte e sete anos, cabelos castanhos longos e revoltos, invariavelmente soltos, havia sido acolhida por Lola, uma gorda senhora que outrora ocupara o lugar e que falecera alguns anos antes, sem deixar herdeiros além da própria morena, que não era das mais belas, mas que o tempo tornou uma das mais procuradas e desejadas. Molly era um tipo de mulher rara, que sua época impedia que se multiplicasse por preferir as mais belas e finas damas. As damas vitorianas prendiam seus cabelos com esmero, adornavam-nos com exuberantes chapéus e tiaras. As damas vitorianas vestiam-se com o luxo dos vestidos importados, com rendas e babados, cores e enfeites. As damas vitorianas andavam geralmente de braços dados com seus companheiros, e eram formalmente cumprimentadas por outros homens. Damas vitorianas eram a mola propulsora da engrenagem familiar, devotas ao lar, aos badulaques, à educação dos filhos, aos criados, aos maridos. Damas vitorianas eram educadas desde cedo para que detivessem o domínio dos próprios sentimentos e frustrações em nome do que realmente importava: a estabilidade familiar, ingrediente indispensável para que a riqueza brotasse perenemente em seus lares.

Molly também havia sido instruída sobre os deveres e afazeres de uma típica mulher de família burguesa. Mas Melinda Scott Williams, seu nome de batismo, não se encaixava nos padrões de mulher delicada e elegante que os homens orgulhosamente elegiam como esposas. Desde cedo, Melinda gostava de andar a cavalo, com os cabelos soltos, suas saias cedendo aos apelos do vento e precipitando-se acima do joelho, mostrando muito mais do que o permitido para uma jovem de classe média. Ela contrariava as regras da moda e etiqueta, que exigiam que mulheres usassem calças nessas ocasiões. A risada reverberante e os olhos vivazes eram suas características mais marcantes. Melinda esgotava seus pais, que com frequência a alertavam para que prendesse corretamente os cabelos, apertasse bem o vestido, sentasse adequadamente à mesa, participasse dos chás e concertos em família, lesse e tocasse piano, não corresse e, menos ainda, aumentasse o tom de voz. Devia ter controle sobre os gestos, as gargalhadas, os movimentos corporais, a postura. A mais velha das três filhas de Patrick Williams, um soberbo proprietário de um mercado de frutas e peixes, definitivamente não se enquadrava nas expectativas. Envergonhava a mãe, preocupava o pai.

— Tudo porque nasceu no ano dourado dos loucos! — seu pai repetia, referindo-se a 1848, quando Melinda viera ao mundo. Naquele ano, um sopro revolucionário varrera a Europa sob o nome de Primavera dos Povos, movimento que pouco produziria de imediato, mas que semearia importantes mudanças futuras. Melinda era o reflexo dessas mudanças no contexto da própria família. E, por mais que fosse castigada, podada, amarrada aos planos de Patrick, ela escorria pelas mãos patriarcais como água cristalina sem se deixar conter jamais.

Molly, como era conhecida entre seus clientes, chegara ao bordel após fugir de casa. Como a filha já tinha vinte anos, seu pai planejava casá-la com Albert Miller, um dos maiores financistas do ramo de estradas de ferro de toda a Inglaterra. Sir Albert era um velhote barbudo, pai de uma pança proeminente e portador de um par de óculos que o deixava com a aparência ainda mais idosa. Melinda repugnava Albie! Suas irmãs a viam como a mais sortuda das moças, prestes a ingressar na mais alta classe social da época. Mas Melinda via-se como um animal selvagem enjaulado e indócil. Ela sonhava com a vida. Com a própria vida. Com o domínio e a posse sobre si mesma, à sua maneira. Esses pensamentos não podiam ser compartilhados com ninguém, pois não havia próxima a ela qualquer criatura capaz de entendê-la e até, quem sabe, de auxiliá-la. Guardava os pensamentos para si e estes aumentavam em seu peito a sensação de estar mais sufocada a todo o momento. Seu quarto salmão, com babados e cortinas e quadros e pendurica-lhos, parecia-lhe uma prisão bela e solitária. Melinda era diferente.

Para alguns, uma louca. Não havia outra explicação. A ela, bastava apenas a vontade incessante de sentir-se dona do chão sob os pés.

Por isso, no dia em que fora informada da presença do velho Albie no jantar à noite, Melinda resolveu que era chegada a hora. Agira discreta e silenciosamente durante toda aquela tarde. Mel tinha um plano, e começava a executá-lo rapidamente, mesmo que suas mãos tremessem ansiosas e seu vestido aderisse ao seu corpo pelo suor que lhe molhava a pele: sorrateiramente, retirou do vaso de porcelana do quarto dos pais algumas economias, amontoou vestidos simples, sapatos e outros poucos pertences, amarrou-os num lençol de forma que as quatro pontas se unissem num único nó, transformando-o num grande saco de pano estampado com enormes violetas. Ao escurecer, Melinda pegou o que havia separado e saiu pela janela do quarto. Despedia-se assim da casa, da família, dos sonhos de seu pai. Despedia-se das aulas de piano, dos chás com bolinhos quentinhos, dos leques, dos babados. Despedia-se dos banhos mornos, dos círculos de leitura, dos passeios de verão. Despedia-se dos lustrosos bigodes de Patrick e Albert. Seu instinto selvagem estava finalmente livre e solto nas sujas, enevoadas e traiçoeiras ruas inglesas. Sentia muito medo. O coração pulava exaltado dentro do peito da jovem que aceitara, a partir daquele dia, correr os riscos de sofrer por conta própria. Grandiosa foi a sua sorte, pois naquela mesma noite conheceu Lola, que a acolheu sob a condição de poder explorar seu corpo para garantir a sobrevivência das duas. No início, Mel sofreu duras penas. Foi agredida por alguns clientes insatisfeitos com a performance insegura da moça. Aos poucos, Lola ensinou-a não apenas quão doce era o néctar que ela retinha entre as pernas, como também ensinou-a a fazer uso do próprio corpo de maneira surpreendentemente sedutora. Como tirar as meias, como se deitar. Como encostar os seios sobre o peito masculino. O que dizer ante a nudez dos clientes. Como gemer, beijar, sugar, lamber. Em alguns meses,

Molly estava pronta. E, por mais que houvesse momentos difíceis e clientes asquerosos tocando-a com frequência, a simples visão de um casamento com Albie fazia evaporar de sua mente qualquer ímpeto de arrependimento.

As outras mulheres que dividiam o espaço com a moça de cabelos revoltos haviam sido acolhidas por ela após a morte de Lola. Recebeu-as da mesma maneira e sob as mesmas condições que a gorda cafetã a acolhera. Molly orientou as companheiras quanto às técnicas de se banhar sem utilizar muita água, objetivo difícil de atingir, sobretudo nas áreas mais pobres. Ensinou-lhes também a beijar, a tocar os clientes, a proporcionar-lhes o máximo de prazer com o mínimo de exposição. E todas se mostravam aprendizes dedicadas, fazendo aumentar cada vez mais a fama e a movimentação naqueles cubículos. Tomavam periodicamente um chá de ervas de gosto terrível, utilizado para evitar a concepção. Repetidas vezes sentiam náuseas e dores estomacais. Mas, como mulheres desamparadas que eram, aquela triste situação era melhor que o frio e a fome das ruas. Além disso, tinham alguma liberdade ao dispor do dinheiro que obtinham e podiam enfeitar-se e embelezar-se juntas, recreio típico das mulheres, antes de receberem em seus braços a rudeza masculina.

Em geral, os pagantes lá chegavam no período noturno. No início eram, em sua maioria, trabalhadores pobres. Contudo, alguns anos após a morte de Lola, a fama de Molly espalhou-se à boca pequena. Seu nome era propagandeado entre operários e capatazes, capatazes e gerentes, gerentes e industriários, industriários e financistas, banqueiros e em diversos segmentos da alta classe burguesa. A semelhança entre os homens de grandes posses residia em um bem-sucedido casamento e uma vida familiar equilibrada. Era uma lei implícita: para alcançar e manter-se no topo da sociedade, a vida particular necessitava condizer com a estabilidade econômica ansiada. A moral puritana da Rainha Vitória, em contraste com a libertinagem de seus antecessores Jorge IV e Guilherme IV, havia sido bem absorvida pelos representantes da sorte e do sucesso. No entanto, a castidade se tornava um desafio uma vez que se possuía o dinheiro e o poder de aquisição. Assim, com a missão de aliviá-los do duro esforço de contenção dos pensamentos libidinosos, perigosos ao sucesso financeiro, instauravam-se mulheres como Molly. Na verdade, há um certo exagero na última sentença, pois não existia mulher como Molly. E era dela a preferência absoluta dos abastados.

Molly passou a receber uma quantidade cada vez maior de moedas, presentes e agrados de clientes extremamente satisfeitos. Alguns se apaixonavam, mandavam flores, vestidos, perfumes. Outros já haviam conquistado dia e hora reservados no pequeno quarto da moça. Aos poucos, percebia-se o progressivo aumento das elegantes carruagens e cabriolés parados em frente ao cortiço. Era o retrato da hipocrisia moral muito bem disfarçada entre os donos do capital. Trocavam informações e histórias sobre a dama nas reuniões, nos jogos, nos encontros esportivos e nos almoços de negócios. Invariavelmente, o nome da moça brotava de alguma boca menos discreta. Vez ou outra, alguém se mostrava chocado, reprovando o comportamento licencioso do interlocutor. E quase todas as vezes, este mesmo alguém estaria, cedo ou tarde, pousado entre as pernas daquela cujos encantos figuravam entre as quatro paredes do seu pequeno quarto no primeiro andar. Tão logo Molly começou a ser melhor remunerada que as companheiras, tomou para si as maiores responsabilidades referentes à manutenção do local. Bebidas, alimentos, tabaco, aluguel. Tudo ficava por sua conta. Contudo, se alguma jovem engravidava, era forçada a sair da casa. Não era por frieza ou falta de sentimentos; ela agia à sua maneira, tal e qual uma mulher de negócios. E determinara que aquele seria um lugar para o exercício da sensualidade de mulheres solteiras e sem filhos. Um oásis incrustado no meio da selva enfumaçada pelas chaminés fétidas das indústrias próximas dali.

O bordel abria as portas geralmente a partir das oito horas da noite, quando grande parte dos operários era finalmente liberada do duro serviço nas máquinas. Pela manhã e à tarde, as moças descansavam, cuidavam da casa, embelezavam-se. Molly dedicava algumas tardes a clientes exclusivos, que mereciam uma atenção mais apurada. E numa dessas tardes, enquanto finalizava um banho rápido, ouviu batidas à porta. Era Sophie, uma jovem loira de voz pueril:

— Senhora Molly?

— Sim, Sophie. Pode vir.

Sophie adentrou o quarto de olhos arregalados, sem que Molly percebesse a expressão assustada da moça.

— Sophie, ajude-me a amarrar esse vestido, sim?

— Claro, senhora.

Sophie dera cinco laços no vestido escarlate da patroa. Olhava-se no velho espelho e penteava os cabelos úmidos. Por fim, perguntou:

— Então, Sophie? Queria me dizer algo?

— Oh, sim, senhora. Temos lá embaixo um respeitável senhor que deseja falar com a senhora.

— Que senhor? Não espero ninguém essa tarde.

— Identificou-se como Charles, senhora.

— Charles? Charles de quê?

— Não sabemos, senhora... — respondeu Sophie, levando o olhar ao chão.

Molly fitava Sophie como se tentasse adivinhar quem era o nobre senhor e o que queria dela. Não conhecia ou se recordava de nenhum Charles. Afinal, orientou a pupila:

— Pois bem. Mande este senhor subir. Se ouvirem algo atípico, venham até a minha porta.

Por "algo atípico", Sophie entendeu claramente que poderia se tratar de uma discussão, ameaça ou agressão física.

— Sim, senhora.

Sophie retirou-se do cômodo, enquanto Molly terminava de desembaraçar os longos cabelos. "De que adianta?", ela pensava. "Logo estarão amontoados novamente...". Naquele momento, Molly ouviu batidas discretas na porta.

— Entre! – respondeu.

A porta foi vagarosamente aberta, revelando a presença de um homem relativamente mais jovem que a maioria de seus clientes. Aparentava ter por volta de trinta e cinco anos. Muito elegante, vestia uma cartola e luvas de couro negras. Mostrava, pela indumentária, que definitivamente não era um pobre cão do proletariado. Ele retirou a cartola da cabeça, cumprimentando a prostituta à sua frente:

— Saudações, senhora.

— Saudações, senhor Charles... – Aguardou que ele pronunciasse o sobrenome.

— O'Connor – disse ele, com um discreto sorriso. Fechou a porta atrás de si e posicionou-se à frente de Molly. Ela avaliou o homem cuidadosamente: olhos azul-turquesa, cabelos e barba levemente ruivos e muito bem aparados. Pele branca. Postura segura e um tanto desafiadora. A moça não se deixou intimidar, como aliás jamais fazia:

— Diga-me, senhor O'Connor. A que devo a honrosa visita?

Charles postou a cartola sobre a velha mesinha à sua direita, depositando dentro dela as luvas. Cruzou as mãos atrás do corpo e falou:

— Senhora Molly, estou aqui porque sua fama a precede. Ouvi de dignos cidadãos que a senhora é dona de talentos muito peculiares... – Olhou para ela com arrogância, como se duvidasse do que ouvira. Molly achou graça. Não era tão simples intimidar a morena vestida de escarlate:

— Talentos peculiares, não? Entendo... Mas o que faz tão nobre senhor em minha humilde residência, afinal?

Charles sorriu, encarando o chão, com malícia. Respondeu:

— Vim até aqui para lhe apresentar, mui respeitosamente, uma proposta. Um desafio, para ser mais exato.

Molly começava a achar muito divertido aquele diálogo inesperado.

— E no que consiste o seu desafio?

— Bem... Devo admitir que os comentários que ouvi a seu respeito atiçaram-me a curiosidade...

— Sim?

— Então, vim até aqui para me certificar de que a senhora é realmente digna dos louvores que se espraiam no meu círculo de amizades.

— Este é seu desafio?

— Não, Madame. Na verdade, o que proponho é o seguinte: se for realmente portadora de tantos dotes, lhe será pago mais do que costuma cobrar dos clientes abastados que visitam a senhora.

— O preço é definido por mim, senhor.

— Entendo. Mas o que pensa de receber o dobro do que está acostumada se corresponder às expectativas que possuo a seu respeito?

Molly olhou para o misterioso homem trajado de preto. Era bastante seguro de si. Muito mais que os homens que frequentavam a sua cama. O que significava que a simples posse do dinheiro não trazia consigo obrigatoriamente outros atrativos. Molly devolveu:

– Claro que penso ser um ótimo negócio, senhor O'Connor. Especialmente tendo em vista as migalhas com as quais estamos acostumadas. Mas... existe a possibilidade de que suas expectativas sejam frustradas pela minha performance. Afinal, cada um de vocês é diferente. Deseja diferente, sente diferente, pensa diferente... O que acontecerá caso o senhor não aprecie os meus serviços?

– Então terei tido o imenso prazer de conhecer pessoalmente a tão festejada Molly. E sairei deste recinto sem pagar-lhe absolutamente um único *schilling*.

Molly pensou em expulsá-lo dali. Era apenas mais um dos vermes transbordando dinheiro e prepotência. Era mais um Albert Miller. No entanto, Molly era também uma mulher segura de si. Sabia do que era capaz. Viu a brilhante aliança dourada na mão esquerda de Charles e logo imaginou que deveria ser frustrado em sua vida íntima, como a grande maioria dos seus clientes. Resolveu aceitar o desafio, apenas por diversão:

– Senhor O'Connor, aceito o seu desafio. Queira por gentileza trancar a porta, sim?

Dizendo isso, Molly aproximou-se sinuosamente da cama, sentando-se sobre ela. Era uma rosa vermelha sobre os lençóis desbotados e puídos.

Pouco mais de uma hora depois, a porta do quarto de Molly foi finalmente aberta. Charles O'Connor enxugava com um lenço o suor de suas têmporas. Segurava a cartola e as luvas nas mãos. Desceu as escadas rangentes com as pernas trêmulas. Deixava Molly para trás, deitada preguiçosamente na cama. E na mesa à esquerda da porta, nada menos que o triplo do valor acertado. Charles O'Connor adentrou sua carruagem, tomando o caminho de volta até o bairro nobre onde morava. Ali, tremelicando ao sabor dos buracos das ruas malcuidadas ao som emitido pela movimentação das rodas da carruagem, Charles tinha a indiscutível certeza de que veria Molly de novo. Sabia disso ao se vestir, ao se recompor, ao descer as escadas. Sentia-se cansado, satisfeito e estranhamente fascinado por ter perdido a aposta para a dama de vestido carmim.

Aquela seria uma noite especial no bordel. Talvez houvesse até mesmo vinho e algumas salsichas alemãs.

II

Ao desembarcar de sua carruagem, Charles notara que outra jazia estacionada à frente de sua residência. Reconheceu-a como sendo de seu pai, que devia ter ido falar-lhe sobre as fábricas. Ao abrir a porta, logo sentiu o aroma de café fresco, pães e bolos. Ouviu a voz grave do pai a conversar com Katherine, sua esposa. Escutou também as vozes de John e Jeremy, os filhos gêmeos que tinham cinco anos. Entrou na sala vislumbrando a farta mesa posta à sua frente. As pratas e porcelanas, a delicada toalha cobrindo por inteiro a mesa oval, as cadeiras acolchoadas mais belas que confortáveis. Os quadros, espelhos, pratos, tudo brilhava à luz do pomposo candelabro em cima da mesa.

– Ah, finalmente está de volta! Estou à sua espera há um bom tempo – exclamou o pai, já tomando o lugar à cabeceira da mesa, que sempre fora ocupado por Charles.

– Visitei um alfaiate e fiz umas encomendas. Pareceu-me bastante competente – respondeu Charles. Katherine ocupava-se em acomodar os filhos à mesa. Estava tensa. Não conseguia jamais se sentir à vontade diante da forte presença de Sir Paul O'Connor, o ilustre e rude proprietário de fábricas têxteis voltadas para a exportação, em especial aos mercados das colônias inglesas e da América Latina.

— Sente-se à mesa para jantarmos. Temos assuntos para tratar após a refeição.

— Sim, meu pai. Vou ao toalete e já estarei de volta.

Charles foi ao toalete e lavou as mãos e o rosto. Deixara casaco, luvas e a cartola no chapeleiro próximo à entrada da casa. Também ele se sentia nervoso com a presença do pai. Havia sempre problemas financeiros a serem discutidos entre eles.

Charles era o filho mais velho e o único responsável o suficiente para gerir os negócios da família junto ao pai. Seus dois irmãos mais novos, Francis e Julie, só tinham competência para esbanjar qualquer valor depositado em suas mãos. Assim, restou para Charles a pesada responsabilidade de ser o braço direito de Paul. Os O'Connor ocupavam uma privilegiada posição na pirâmide social da época. Charles e os irmãos nasceram em situação confortável. Charles havia se formado em Direito, em Paris, era fluente em francês e alemão, gostava de Filosofia. Era culto, inteligente, discreto. Transmitia segurança. Casara-se aos vinte e cinco anos com Katherine, que era filha de um casal de amigos de longa data da família O'Connor, e da mesma forma bem posicionados na sociedade. Katherine era loira e sustentava uma estatura mediana, voz suave e olhos azuis. Delicada e branca como as porcelanas que colecionava. Era uma mulher fina, tímida e devotada ao lar e ao marido. Uma perfeita dama.

Durante o jantar, enquanto Lisa, a mais nova das criadas, servia a todos na mesa, o velho Paul conduzia o rumo da prosa. Falava do novo sistema de esgoto, dos espetáculos que estreariam na cidade, dos operários, da cada vez maior vulnerabilidade física da esposa, Rachel, mãe de Charles, da infindável disputa entre Toris e Wigs. Katherine apenas tentava escutar o que o sogro dizia, pois precisava manter atenção redobrada nos inquietos gêmeos. Charles ouvia mais e falava menos, mesmo porque seu pai lhe dava poucas chances de emitir qualquer opinião. Após a refeição, Charles e Paul se puseram a conversar sobre negócios numa sala privada, na qual Charles costumava trabalhar, fumar cachimbos, ficar a sós com os próprios pensamentos:

— Charles, meu filho... O cenário me deixa apreensivo.

— Meu pai, sabemos que essas quedas são cíclicas. Além do mais, o algodão foi praticamente o primeiro produto a ser industrializado quando nos iniciamos no ramo. Nada mais normal que sofra alguma estagnação a esta altura...

— Não se trata apenas disso. Nossos vizinhos continentais começam a avançar e alguns dos nossos mercados estão ameaçados. E a produção de nossas fábricas não tem aumentado de modo significativo.

— Meu pai, com todo o respeito, penso que deveríamos contratar mais mulheres e dispensar uma grande parte das crianças.

— Está delirando, Charles?

— O que venho percebendo é que a qualidade do material produzido pelos mais jovens decai com muito mais facilidade...

— O que define a qualidade do nosso tecido é o algodão e as máquinas, meu filho. Os empregados lá estão somente para manuseá-los.

— Bem sei disso, meu pai. Mas esses pobres-diabos perdem a atenção com muita facilidade. Vejo que a economia salarial acaba por se mostrar pouco significativa no final.

— Charles, uma criança recebe um quarto do salário de um adulto! Os homens estão muito ocupados com o aço e as ferrovias, e as mulheres e crianças borbulham desde que foram dispensadas das minas de carvão.

— Meu pai, eu respeito as suas decisões e termos. Apenas expus algumas opiniões que considero pertinentes.

– Não pretendo fazer mudanças, pelo menos por enquanto. Uma hora há de findar essa depressão e tenho esperanças genuínas de que os lucros voltem a subir.

– Certamente – replicou Charles, sem muita convicção. Logo após, tentou reorientar o diálogo. – E meus irmãos, como estão?

– Como você acha? Francis só se interessa pelas jogatinas e bacanais com os amigos. Gasta em dois dias o dinheiro que lhe cedo para uma semana inteira! E o fumo tem piorado sua tosse cada vez mais. Desconfio que detenha algum problema respiratório sério.

– E Julie?

– Julie enfim me traz boas esperanças, agora que está noiva.

– De Taylor? Liam Taylor?

– Sim. Não gosto daquela família, mas ao menos sua irmã beberá de outra fonte que não a minha...

Os dois riram. Tomavam chá de hortelã acompanhado por biscoitos de coco. Charles olhou para o pai, para as rugas mal disfarçadas pela barba branca. Sentia orgulho de Sir Paul, que outrora fora artesão e tivera a sorte de receber uma herança de um tio distante, sabendo revertê-la num amplo complexo têxtil. Embora ainda formassem uma grande empresa familiar, sabiam que a força do algodão e do carvão diminuía gradativamente, com o aumento da concorrência externa e o fortalecimento das indústrias continentais.

Charles era empresário graças às circunstâncias que se lhe apresentavam, e também por imposição natural. Seu íntimo pertencia à esfera artística: nutria paixão pela leitura, pelos grandes concertos e sempre adquiria peças dos novos pintores que despontavam na época. Era conservador em sua vida pessoal e no trabalho, como o estilo de vida burguês exigia. Mas a aventura tinha para ele um sabor especial. Gostava de caçar e viajar. E de experimentar.

Despediu-se do pai após discutirem uma ou outra providência a ser tomada nas fábricas. Tudo ocorria relativamente bem, mas o velho Paul era uma raposa que não descansava nunca. Tampouco conferia algum descanso ao primogênito.

Charles trancou as portas e as infindáveis janelas da casa e foi banhar o corpo exausto. Buscava tranquilizar um pouco a mente. Sua esposa punha os garotos na cama, pois era uma tarefa que sempre coubera a ela. Enquanto a água morna com um leve aroma de eucalipto tomava-lhe o corpo, ele pensava na moça de cabelos emaranhados que conhecera naquela tarde. Que sensações formidáveis ela o proporcionara! Jamais havia tido qualquer contato como aquele em seus trinta e sete anos de vida. Sentia-se privilegiado. As lembranças começaram a despontar no corpo de Charles. Nesse momento, ouviu pancadas à porta.

– Charles?

Era Katherine.

– Sim? Estou terminando o banho.

– Oh, tudo bem. Estou à sua espera.

Charles levantou-se rapidamente da banheira, tentando disfarçar a excitação que o tomara de repente. Enquanto se vestia, para seu alívio, tudo voltava ao repouso.

– Sim, querida? – perguntou ele, ao sair do toalete.

– Então? Como estão os negócios?

– Você bem conhece o meu pai. Não consegue abandonar o nervosismo e a ansiedade por um só minuto. Necessita dessas sensações.

– Ele parecia bastante ansioso com a sua chegada...

– Como sempre se sente em relação a tudo.

– E sobre o que mais conversaram? – perguntou Katherine, um tanto apreensiva.

— Nada de mais. Contou-me que Julie está noiva e que Francis continua o mesmo beberrão gastador viciado em jogos.

— Oh, Julie e o senhor Taylor irão finalmente se casar?

— Creio que sim. Veremos.

— Espero que sim. Ele é um cavalheiro.

— Bom, não tenho certeza se concordo com você. Mas creio que o casamento fará bem a ela. Trará alguma responsabilidade, além de uma vida estável.

— Sim, de fato — Katherine respondera, um tanto melancólica.

— Algo errado? — perguntou Charles, ao perceber a entonação em sua voz, enquanto preparava-se para deitar no leito do casal.

— Não, querido. Não é nada.

Beijou o marido na testa e entrou no banheiro. Katherine fazia a toalete antes de dormir. Lágrimas caíam discretamente de seu rosto. Sentia falta de Charles. Sentia falta de seu corpo, de seu cheiro, de sua voz, de sua presença. Sentia-se abençoada por amar o marido. No entanto, era um amor que ela não podia demonstrar o quanto queria. Não era adequado para uma dama, para uma esposa, desejar contatos íntimos com o cônjuge com tamanha frequência. A luxúria trazia consigo o desequilíbrio, os bons homens daquela época bem o sabiam. Katherine e Charles mantinham relações esporádicas, e mais breves do que ela desejava. Sentia arder dentro de si um forte ímpeto sexual pelo marido que, no entanto, mantinha sob controle. Não podia parecer histérica aos olhos do homem que amava. Ela enxugava o rosto e as lágrimas e voltava para o quarto, deitando-se ao lado do marido.

— Boa noite, querida — disse Charles, beijando-lhe o rosto e virando-lhe as costas logo depois.

— Boa noite, meu marido — respondeu Katherine, voltando também as costas para ele. Observava as cortinas azuis na janela e pensava na vida, nos momentos íntimos com o esposo. E, no meio desses pensamentos, o sono a abrigou.

Charles pensava freneticamente nas fábricas, nos operários, nos lucros, nas horas trabalhadas, nas toneladas de tecidos exportados a cada mês, na qualidade do algodão. Refletia sempre sobre o trabalho e as responsabilidades antes de cair no sono. Mas, naquela noite, estava inquieto. De fato, jamais havia tido uma relação extraconjugal, como bem aconselhavam as regras morais de sua época. O nome de Molly chegara aos seus ouvidos pela primeira vez dois meses antes, pela boca de alguns supervisores de suas indústrias que já conheciam a moça. Sentiu alguma curiosidade, mas nada que o abalasse a ponto de querer conhecê-la. Quer dizer, até a ocasião em que esteve degustando vinhos da nova safra dos Thompson. James, o patriarca, após ingerir alguns cálices do próprio vinho, confidenciara a Charles os encantos desta mulher que morava num cortiço e que entregava o corpo em troca de moedas. Os cabelos enlouquecidos, a boca vermelha, a indecência. James explicara:

– Molly é uma mulher que possui tantos talentos que qualquer meia hora ao seu lado é um completo deleite!

O nome brotava mais uma vez. E daí a ouvi-lo de outros homens respeitáveis não demorou. Cada um se mostrava mais encantado, mais obcecado pela mulher da vida fácil. Charles nunca fora o tipo de homem entregue à libidinagem, apesar do gosto por aventuras. Ainda assim, o nome ressoava cada vez mais em seus ouvidos. Por um lado, sentia-se um tanto enojado por perceber quantos homens já haviam estado dentro daquela tão comentada mulher. Mas, por outro lado, sabia que se tantos queriam lá estar, deveria existir um bom motivo. Considerando esses acontecimentos e aquela tarde em específico, Charles não dormia. Mais uma vez, excitava-se. Por sorte, a julgar pelo ritmo da respiração, sua esposa já parecia dormir a seu lado. Charles sentia calor. Levantou-se e vagarosamente foi ao encontro de um copo d'água. Mas a serenidade não o alcançava. Sentia-se aceso. Resolveu ir até sua sala particular. Talvez, olhar papéis à luz de velas cansasse sua vista o suficiente para que o sono chegasse. Analisou os cadernos e as anotações sobre produção, déficit, superávit. O calor ainda não abandonara sua pele. Não conseguia se concentrar. Pensativo, com a mão sobre os lábios, pôs-se a escrever algumas linhas sobre a mulher que conhecera naquela tarde:

> *Esta foi para mim decerto uma tarde surpreendente.*
> *E magnífica!*
> *Pois estive na companhia de uma mulher que não conhecia,*
> *e que agora*
>
> *não consigo espantar dos pensamentos.*
> *Branca, um tanto mais alta que a maioria das damas*
> *que meus olhos costumam ver.*
> *Robusta.*
> *Olhar trapaceiro, zombeteiro.*
> *Tentei intimidá-la. Mostrá-la quem sou de saída.*
> *Qual não foi minha surpresa ao me perceber encurralado*
> *entre as mais suculentas coxas que conheci!*
> *Uma mulher feita de carne.*
> *Vestia vermelho; era carne sangrenta.*
> *Sua língua pôs-se a passear sobre recantos de mim*
> *donde sequer sonhara que pudesse brotar qualquer sensação*
> *prazerosa.*
> *Seus seios, com grandes mamilos róseos, pareciam me olhar*
> *como serpentes sedutoras.*
> *Seus gemidos em meu ouvido eram o próprio canto*
> *traiçoeiro de belas sereias mitológicas.*

Tocou-me, bolinou-me, sentou-se sobre mim, cavalgou-me.

Seu corpo suado e flácido arrancava o que podia do meu.

Seu hálito era de gente. Seu gosto era de gente.
Seu suor era de gente!

Ela, uma desavergonhada primitiva;
eu, homem das cavernas.

Ah, que doce sofrimento me foi proporcionado.

Por três vezes, bebi o néctar dos deuses.

Por três vezes, morri um pouco.

Agora aqui estou, ardendo como a chama da vela
que ilumina essas palavras,

Afogado pelos pensamentos obscenos que essa
dama escarlate

Cravou em minha mente.

Quero-a novamente.

E saciarei essa fome interminável mais uma vez.

O quanto antes.

Enquanto escrevia, Charles explorava com uma das mãos a própria intimidade. E antes mesmo de finalizar a escrita, arrancara de si mesmo o sumo que restara daquela tarde no quarto úmido e escuro do cortiço. Sem dúvida, agora o sono chegaria até ele! Guardou o papel numa pasta de couro preta, colocou-a dentro do armário e o trancou. Em seguida, retornou aos seus aposentos, bem mais aliviado.

III

As manhãs eram basicamente iguais na área pobre em que Molly residia. Ela saíra naquela manhã, após uma movimentada e ardente noite, para comprar algumas frutas, ervas, pedaços de carne seca e frango, sais de banho e legumes. Seu vestido amarelo deixava à mostra o colo alvo e unia-se aos cabelos libertos numa imagem que chamava atenção pelas ruas. Mesmo nas regiões periféricas, costumava-se usar o cabelo preso por lenços e outros penduricalhos, e as cores vivas não eram tão comuns às mulheres que possuíam um "trabalho decente" nas fábricas. Enquanto percorria as ruas labirínticas, tentando evitar a lama em seus pés, absorvia a vida nos casebres e becos que passavam por ela. Tosse, choro de criança, mulheres gritando nomes de pessoas; cães rabugentos, ratazanas se aventurando pelos cantos das casas; o terrível cheiro de esgoto a céu aberto. Costumava lembrar-se da própria casa nesses momentos. Não com saudade, mas com certa indignação. Enquanto alguns poucos eram laureados com colchas felpudas e chá com biscoitos à tarde, outros mais pareciam porcos chafurdando na lama, de tão miserável que era a sua realidade. Pensava nas irmãs, talvez já bem-casadas e provavelmente mal-amadas... Suas lindas irmãs, mais belas e delicadas do que ela. Sentia saudade delas, dos bolos que a mãe fazia, e até mesmo das conversas do pai sobre a santidade do dinheiro. Mas não trocaria a liberdade pobre que tinha pela prisão dourada do velho Albie, na mais alta torre de um castelo burguês. Percebia que os olhares femininos a censuravam e os masculinos a despiam. As prostitutas faziam, obviamente, parte da mais baixa casta social londrina. Por alguma razão, Molly não se sentia incomodada com o julgamento da vizinhança. Tinha o que comer, onde dormir, como se manter aquecida. E ainda podia exercer sua sexualidade livremente. Aliás, o próprio prazer não era algo comum. Alguns de seus tantos homens eram delicados, carinhosos. Outros, porém, se debruçavam sobre ela como animais malcheirosos e hostis. E ela sempre se deixava abater. Fechava os olhos, gemia, tocava-os com as mãos e a língua como se estivesse deliciada. Não era nada fácil às vezes. Mas logo que acabava, ela podia lavar-se e contar as moedas, e provar os vestidos, os perfumes e as cestas de doces que recebia. Além dos elogios, que lhe eram agradáveis aos ouvidos: "Minha dama fogosa", "potranca", "leoa", "doce pecadora"... Achava lisonjeiro. Especialmente porque costumavam voltar para ela. Sempre!

Os operários e outros desprovidos de bens materiais eram mais jovens e robustos. Também costumavam ser mais agressivos nos gestos e no toque. Ela sabia que usavam seu corpo não apenas para o próprio deleite, mas para descarregar raivas, frustrações, enfim, as dificuldades da vida proletária numa cidade sempre enevoada e deprimente. Em geral, quanto mais dinheiro e elegância, mais gentileza e carinho. E mais passividade. Gostavam de ser dominados, em sua maioria. Talvez para se desligarem, por momentos fugidios, da pesada responsabilidade do sucesso patriarcal. Molly voltava para casa carregando a cesta de compras e sua mente passeava por divagações como essas. E lembrou que, dentre os abastados, Charles havia se diferenciado. Ele trazia consigo uma segura arrogância que levaram juntos para a cama. Puxara seus cabelos, mordera seus lábios, sugara sua língua. Não parecia querer ser dominado, tampouco resistira a se tornar passivo. Além disso, não era velho como a maioria daqueles que traziam consigo riqueza e soberba. Charles havia sido um bom cliente. Ótimo, aliás!

Molly finalmente chegava ao prostíbulo, sua casa. Logo ouviu gritos histéricos das meninas e viu que uma delas sangrava entre as pernas. Parecia abortar. Sentia fortes cólicas, suava frio, gritava, rasgava os lençóis debaixo dela. Molly derrubou a cesta no chão e correu a chamar os vizinhos para que socorressem a jovem. Ninguém lhe abria as portas. Ninguém lhe dava ouvidos. Todos estavam surdos aos seus apelos. Batia freneticamente de porta em porta, por todo o cortiço e fora dele. Nada conseguira. Voltou correndo, desesperada. Via que o sangue se acumulava embaixo da moça cada vez mais fraca:

— Nenhuma de vocês possui um cliente médico que possa nos ajudar? Ela precisa ser socorrida, necessita de intervenção! – gritou Molly, afobada.

— Um dos meus clientes contou-me certa vez que faz partos complicados. Não é médico, mas...

— Onde ele mora? – interrompeu.

— A alguns quilômetros daqui...

— Corra para a rua com alguém, parem todas as carruagens, cabriolés, ônibus, cavalos, bodes, o que for! Tragam esse homem aqui depressa!

Molly falava com firmeza, mas desesperava-se por dentro. Já havia presenciado outras situações de aborto antes, inclusive dela mesma uma vez. Era quase sempre um sangramento desconfortável, com dores que duravam algumas horas e nada mais grave. Em três dias já estavam recuperadas e retomavam o trabalho em cerca de uma semana. Mas ela já sabia que estava diante de algo mais grave naquele momento. Apertava a mão da moça pálida à sua frente enquanto colocavam lenços úmidos na testa dela. Aos poucos, a pobre garota se entregava.

Quase uma hora depois, as moças conseguiram retornar com o barrigudo parteiro, porém, já era tarde. Não havia nada a fazer além de providenciar que o corpo fosse enterrado n'alguma cova rasa, como a indigente que era. Aquelas mulheres não possuíam identificação, seguro, apoio. Num tempo em que os valores morais da família eram amplamente valorizados, prostitutas incomodavam pela vida de devassidão que levavam e por serem consideradas culpadas de espalhar doenças entre os bons homens. O máximo que se fazia por essas mulheres era a profilaxia e o tratamento de doenças venéreas por recém-criadas medidas de saúde pública. Além disso, nada mais podiam esperar.

Molly estava atordoada. A moça que falecera era nova, tinha apenas vinte e três anos; era uma imigrante irlandesa doce e gentil. Chamava-se Allysson. Ally. "Pobre Ally. Pobres diabas!", pensava enquanto afundava o rosto nos lençóis desbotados e chorava com sinceridade. Todas as meninas estavam completamente atônitas, temerosas, chocadas. Molly decidira que o local permaneceria fechado por uma semana. Deixariam um recado na porta para que não fossem incomodadas por ninguém. Se algumas delas quisesse receber algum cliente em especial, que o fizesse de maneira discreta. Não haveria música, nem bebidas, nem gargalhadas. A casa e as moças estavam de luto. Molly determinou também que as meninas atentassem com mais cuidado para o seu período fértil. Que, nesta fase, se o sexo fosse indispensável, que pelo menos a via vaginal fosse evitada. Isso desagradou um pouco a todas elas, pois era justamente durante o período fértil que os seus corpos encontravam maior disposição sexual, e assim o rendimento era significativamente mais satisfatório. Entretanto, Molly estava decidida que cenas como aquela jamais se repetiriam sob seu comando. E as pupilas acataram as ordens.

Durante a semana, o silêncio foi o maior companheiro. Às vezes ouvia-se um choro, um assobio, um cantarolar. Algum gemido discreto, sons da casa funcionando, de panelas fervendo, de roupas sendo raramente lavadas. Vários clientes apareceram nas mais variadas horas mas, à exceção de dois ou três, todos foram dispensados, alguns mais, outros menos contrariados. Molly segurou os gastos da semana com certa dificuldade, mas sabia que seria capaz. Deprimida, deixou os cabelos mais emaranhados do que de costume. Usou o mesmo vestido por dois, três dias. Mesmo a suposta liberdade da pobreza tinha um preço elevadíssimo. Dormia boa parte do tempo. Estava silenciosa e séria. A morte de Ally atingiu-a mais do que poderia imaginar.

Após cinco dias, Molly enfim decidira banhar-se, trocar os lençóis e pentear-se. Tentava melhorar o humor através do aspecto do ambiente e de seu físico. A atitude veio em boa hora, pois naquela tarde ouviram batidas na porta. Sophie prontificou-se a atender. Molly estava no andar de baixo, largando as roupas de cama e alguns vestidos num balde velho para serem lavados quando houvesse água. Ouviu o ranger da porta abrindo e a voz de Sophie, que informava o cliente sobre a pausa nas atividades da casa durante aquela semana. Foi então que reconheceu a voz de Charles em agradecimento à jovem. Foi até a porta e pôde ver o elegante homem de costas, vestindo de novo a cartola e preparando-se para subir em sua carruagem.

— Ei! — gritou ela. Charles havia posto um pé no primeiro degrau do veículo. Voltou-se e sorriu para Molly, que não devolveu o sorriso. Tirando novamente a cartola, cumprimentou-a:

— Boa tarde, Madame. Estava de passagem pela vizinhança, então resolvi prestar-lhe uma visita. Mas fui informado do trágico incidente... Eu sinto muito.

Molly permaneceu calada, encarando o homem à sua frente. Casaco, colete esverdeado, calça de cor semelhante, luvas... O mesmo homem vistoso da primeira vez. Como ela não pronunciava uma palavra sequer, Charles prosseguiu, um tanto constrangido pelo silêncio duro da prostituta:

– Bem, a jovem simpática informou-me que vocês estariam recolhidas essa semana...

– Pode subir – interrompeu Molly, seca.

Charles ficou surpreso. A expressão de Molly não era das mais convidativas. Sophie já havia saído sem ser percebida, deixando-os a sós na porta. Charles hesitou:

– Senhora, não há necessidade. Eu guardo profundo respeito ao momento que estão...

– Pode subir, senhor O'Connor.

Ao proferir tais palavras, abriu a porta e, com um gesto, convidou-o a adentrar no estabelecimento. Por milésimos de segundos que mais pareceram horas, Charles permanecera parado à porta, indeciso. Então, resolveu entrar e acompanhá-la aos seus aposentos.

Fazia algum frio lá fora, embora não fosse dos mais vigorosos. Molly meteu-se no quarto recém-limpo, à espera de que seu convidado fizesse o mesmo. "Com licença", disse com polidez ao entrar. A moça trancou a porta e, enquanto caminhava em direção à cama, passou a desfazer laços e separar botões, revelando pedaços de sua pele branca. Charles não se sentia à vontade. Notava a tensão no olhar e nos gestos da mulher. Tentou mais uma vez adiar o ato:

– Senhora, agradeço a sua consideração. Mas não deve fazê-lo se está com o espírito amargurado.

– O senhor pretende repetir essas palavras mais uma vez? – ela perguntou. Um dos seios já pulava fora do vestido e Charles engoliu em seco.

— Intencionei apenas demonstrar respeito...

— Respeite-me e deite-se. É tudo o que precisa fazer.

Charles repousara a cartola, casaco, luvas na velha cadeira. Tirara os sapatos, e desfazia-se da segunda e pesada pele, enquanto observava mais uma vez a nudez de Molly atraindo-o para a cama.

No andar de baixo, as moças ouviam os gemidos misturando-se, cada vez mais altos. Algumas não conseguiam conter os risos maliciosos. A cama parecia arrastar-se no chão de madeira, e elas podiam até mesmo ouvi-los trocarem palavras nada decentes. Uma delas disse:

— Nossa! Ela está caprichando!

— Esse com certeza é um cliente diferenciado...

Todas riram juntas. Por fim havia se quebrado um pouco da melancolia daquela semana.

Noventa e cinco minutos. Charles levantara da cama e começara a se vestir. Sentia-se esgotado. Era uma experiência catártica deitar-se com Molly. Contemplava a mulher lânguida na cama, pernas abertas, olhando pela janela e deixando fugir seus pensamentos por ela. A simples visão daquele corpo era pura arte. Sentia-se tentado a deitar-se sobre ela mais uma vez. Mas já começara a escurecer. Precisava retornar.

— Quanto lhe devo, senhora Molly?

— Nada. Meu nome é Melinda. Mas peço que o guarde em segredo — respondeu ela, ainda deitada, os olhos fixos na janela.

— Como nada, senhora Melinda? Seria ultrajante sair daqui sem pagar-lhe o que devo.

Molly sentou-se na cama. Olhava séria para Charles. Respondeu apenas:

— É Melinda. E se deixar qualquer quantia hoje nesta casa, saiba que esta terá sido a última vez que dentro dela esteve.

Charles postou-se estático, de pé, em frente a ela. Nunca havia sido desafiado por uma mulher. Nem mesmo por sua mãe. Em seus pensamentos, Charles acreditara ter recebido um serviço. Um excelente serviço, aliás. Deveria pagar por ele. Mas, ao mesmo tempo, sabia que desejaria vê-la novamente. Sua mão esquerda já alcançava o bolso interno do casaco. Retirou-a, um tanto contrariado, e perguntou:

– Bom... Existe algo, alguma forma de retribuí-la pela tarde extremamente agradável? – perguntou, constrangido.

– Volte mais vezes – disse ela, espichando-se outra vez no leito simples e coberto de suor.

Charles sorriu. E logo se prontificou:

– Certamente voltarei, Madame Melinda.

Pôs a cartola e retirou-se do quarto. Molly começava a cochilar.

Ao descer da carruagem, um frio tomava-lhe a espinha. Em frente à sua casa, as luzes já acesas, Charles sentiu certa angústia. Não identificava de onde essa sensação se originava. Resolveu entrar discretamente e dirigir-se ao toalete no quarto de casal. Katherine percebeu, da cozinha, que Charles atravessara o longo corredor da residência. Estranhou o comportamento arredio do marido. Foi até o quarto, onde viu a cartola e as luvas jogadas na cama. Ouvia o som dele no banho. Bateu na porta e perguntou:

– Charles?

– Sim, querida?

Katherine hesitou. Por fim, perguntou:

– Você passou a tarde toda fora. Algo aconteceu?

– Não foi nada. Logo estarei disponível para o jantar – encerrou Charles.

– Tudo bem, meu marido. Estamos à sua espera.

Tão logo Charles afundou o corpo na água morna, sentiu arder o tórax, as pernas, as costas. Ostentava arranhões por toda parte. Parecia que tinha entrado numa luta corporal com um jaguar! Molly era mesmo selvagem. Melinda. Mel. Por que lhe revelara seu nome? Por que negara o pagamento? Por que pedira que voltasse mais vezes? Charles não estava certo das respostas. Mas sorria sozinho pensando nas perguntas.

Na sala de jantar, beijou os filhos e sentou-se à mesa. Katherine o olhava com um sorriso ansioso no rosto. Servia ao marido com mais zelo do que aos filhos. Ali, com os quatro em volta da fartura na noite fria, Katherine sentia-se quase completa.

Após recolher os gêmeos, Katherine adentrou na suíte. Charles anotava algumas coisas num pedaço de papel. Ela olhou de soslaio e viu números. Contas a serem pagas, valores a serem recebidos. Sentou-se ao lado do marido. Insegura, tocou com a mão o braço dele, que a fitou distraidamente, e percebeu que ela sorria com aflição. Parou de escrever e perguntou:

– O que há?

– Nada... Creio que estou... sentindo sua falta, meu marido. Perdão. – Baixou a cabeça envergonhada, e envergonhado também se sentiu Charles no mesmo momento. Sabia o que ela queria dizer. Tentou se lembrar do último coito entre eles. Não conseguiu. Foi tomado por uma angustiante pena da esposa, mas seu corpo não queria. Não a queria. Ao menos não naquele momento, tentava se convencer. Observou os lençóis, sem dizer qualquer palavra. Percebeu que Katherine estava trêmula. Decidiu que tinha obrigação de fazê-lo. Afinal, estavam casados. Depositou os papéis na pequena mesa ao lado da cama, soprou as velas e deitou-se sobre ela, na escuridão.

Eram duas da madrugada. Katherine dormia um sono profundo e de aspecto sereno. Charles respirava aliviado, pois sabia que tinha bons dias pela frente sem precisar repetir aquele contato íntimo. E se deu conta do que sentia. Gostava de Katherine. Amava-a, não? Era bela, delicada, uma boa esposa, respeitável, fina, digna. Era uma porcelana rara, de imenso valor. Por que não a desejar? Por que já não a desejava há um longo tempo? "Porque porcelanas são lindas, frias e sem vida", sua mente respondeu-lhe no automático. Sentiu-se impaciente com esses pensamentos e, devagar, levantou-se e deixou o quarto. Caminhou pela casa escura. Observava tudo o que haviam conquistado. Piano, quadros, pratarias, bugigangas importadas. Uma vida familiar na penumbra. Via alguns brinquedos dos filhos no chão da grande sala oval. Possuía em sua casa: vinho, taças, queijos e pães. Os biscoitos suaves, que se derretiam ao mais leve contato da língua. Seus doze anos de conquistas como empresário estavam lá, prato por prato, vaso por vaso, chapéu por chapéu, moeda a moeda. Mas o odor de suor de uma cama velha estava impregnado nele. Passou as mãos pelo tórax. Sentiu uma leve dor sobre os arranhões que aquela desvirtuada deixara como lembrança. Passo após passo, entrou em seu escritório. Acendeu algumas velas, pegou novamente a pasta de couro na qual havia guardado o primeiro escrito. Releu-o. Sentia o cheiro do suor e do hálito de Melinda enquanto lia. Excitava-se com a simples lembrança daquela mulher desavergonhada, despudorada, podre! Por que seu corpo queria tanto a carne imunda se tinha para si uma bela e segura porcelana? Alcançou uma folha em branco. E nela descreveu a segunda tarde ao lado de Molly:

Mais uma vez, fui ao encontro da cadela no cortiço.
Estava séria e um tanto triste.
Mas teimou que eu entrasse em seu quarto escuro,
cheirando a mofo,
as madeiras rangendo a cada toque dos pés sobre elas.
Logo desembaraçou-se de laços e botões.
Logo aqueles mamilos me encaravam novamente,
acesos e desafiadores.
Deitou-se passiva, as pernas em volta do meu pescoço.
Atingi suas profundezas. Joguei-me contra seus quadris,
buliçoso e impaciente.
Tinha sede. Tinha fome daquela mulher.
Daquela carne úmida e latejante
que revestia a minha tão maravilhosamente bem.
Seus olhos fechados e a expressão tortuosa de sua face.
A cada gemido eu me enterrava
mais fundo,
mais truculento e famélico!
Em pouco tempo, jorrava dentro dela.
E quanto mais de mim escapava, mais emergia.
Ah! Gozo lancinante! Parecia não ter fim.
Deitei-me, vencido. Buscava inflar os pulmões.
Por alguns minutos, ficamos deitados lado a lado.
Como se tivéssemos finalizado uma luta sangrenta
na qual não havia vencedor nem vencido.
Abracei-a novamente.
Beijei seus lábios molhados, senti sua língua matreira.
Logo já me deixava pesar sobre ela outra vez,
teso e ávido!

Para minha surpresa, deu-me as costas.

Suas nádegas empinadas roçavam-me,
provocavam-me.

Arranhava minha coxa esquerda, debatia-se contra mim.

Entendi um tanto chocado que aquela mulher,
não satisfeita, queria que a sodomizasse!

'Não podemos fazer isso!', disse-lhe ao ouvido, enquanto
meus poros urgiam que o fizesse.

'E por isso mesmo devemos fazê-lo!', respondeu ela,
olhando para trás,

oferecendo a língua lasciva à minha boca.

Tomei-lhe a saliva.

E obedeci.

Tarefa complicada...!

Ela gemia, desesperada. Sugeri pararmos,
mas ela não permitiu.

Queria ser castigada, chicoteada por trás.

Forcei-me, insisti, até que rompi suas barreiras.

Senti-a quente e apertada.

Tive a certeza de que poderia enlouquecer, ali,
naquele momento.

Nossos gemidos transformaram-se em gritos angustiados.

Ela agarrava-se a travesseiros e lençóis com desespero tal
que quase fui tomado pela misericórdia.

Mas, oposto a isso, avancei ainda mais sobre as linhas
inimigas.

Debati-me contra a brancura macia de suas nádegas.

E rápido como um tiro, uma flecha lançada ao alvo,
despejei-me em suas entranhas.

Em suas ferventes, escuras, estreitas, pulsantes, deliciosas entranhas.

E finalmente experimentei a felicidade de morrer novamente.

Charles respirava fundo. Recostou-se na cadeira. As lembranças não o deixavam tranquilo. Novamente, seu corpo estava disposto. Mas apenas guardou o papel na pasta, junto ao primeiro que havia escrito, guardou-a, trancou-a, apagou a vela.

E voltou para o quarto.

IV

Molly espreguiçava-se na cama. Acabara de fazer sexo com Michael Hamilton, senhor de sessenta e dois anos, banqueiro. Na verdade, era muito rico e concedia empréstimos a empresários necessitados. Também costumava financiar obras em outros países, já tomados pela sede industrial. O velho Mike era um cliente não muito assíduo, mas regular. Totalmente sem graça, deitava e deixava que Molly fizesse o resto. Para a sorte dela, nem precisava fazer muito. O idoso cansava-se rápido, e satisfazia-se com a mesma rapidez. Costumava pagá-la em dinheiro, mas também a presenteava com brincos de ouro, biscoitos finos, saiotes, chapéus. Molly não costumava usar chapéus, e os repassava para que as meninas fizessem deles bom uso.

Naquela tarde, Mike levara uma maleta consigo. Molly não se perguntara o porquê. Não a interessava. Após vestir-se vagarosamente, Michael pôs a maleta na mesinha do quarto da prostituta, que ficou apenas a observar os movimentos fatigados do velho:

— Minha bela senhorita, poderia dispor de sua opinião?

— Sim, senhor Hamilton. Para que necessita dela?

– Ocorre que fui convidado para um casamento que se realizará no próximo final de semana. É o matrimônio de um velho amigo, uma das joias de nossa sociedade. E será uma festa pomposa! Fala-se que alguns representantes da Rainha Vitória estarão entre os presentes. Sinto-me ansioso e repleto de dúvidas sobre minha vestimenta. E não confio na opinião de minha esposa. De fato, não desejo a opinião dela – afirmou Michael, demonstrando uma clara impaciência em relação à companheira. Continuou: – Tenho nessa maleta algumas de minhas melhores peças de vestuário e gostaria que me ajudasse, se não for impertinente, a escolher uma combinação adequada.

Dizendo isso, estendeu diversas peças de roupa lustrosas, muito bem recortadas, sobre a cama de Molly. Ela estava agora sentada, nua, os seios pendendo preguiçosos, observando atentamente a indumentária de Michael. Belos coletes, paletós, luvas, calças impecavelmente costuradas em tecidos finos e cortes elegantes. Chegou a ter alguma dúvida sobre a escolha, de tão belas que eram as peças. Perguntou:

– Em que horário o casamento será realizado?

– Às nove da manhã do próximo sábado. Terá lugar nos jardins da residência de Albie, o noivo.

Molly fitou Michael, num sobressalto.

– Qual o nome do noivo?

– Albert Miller, mais conhecido por Albie. Ele trabalha no ramo de estradas de ferro. Tentou envolver-se com uma dama que acabou fugindo de casa, não se sabe até hoje por quê. Mas ele teve boa sorte. Casará com uma irmã da ex-pretendente, muito mais bela e refinada que a fugitiva.

Molly não podia crer no que ouvia. Sentiu náuseas. Tentou disfarçar o péssimo estado do seu estômago ao perguntar:

– E quem é essa jovem cheia de sorte?

— Miranda. Miranda Scott Williams, filha de Patrick Scott Williams. Ele não é lá grande coisa, possui um mercado que tem crescido com menos vigor que sua ambição.

Ela custava a acreditar. Miranda, sua irmã do meio, linda, meiga, inteligente, um encanto de jovem, se casaria com o repugnante Albert! Teve vontade de chorar! E aumentava sua angústia a certeza de que a irmã se sentia feliz por estar prestes a se casar com a rica ratazana de bigodes brancos! Mike percebeu a mudança na fisionomia da moça:

— Está se sentindo bem, senhora? Precisa de algo?

— Não, não. Senti um mal-estar passageiro. Bom, mas vamos à sua vestimenta. Por ser um casamento matutino, creio que o senhor possa usar alguma cor suave. Este colete bege combinará perfeitamente com as calças escuras, a camisa branca e o paletó negro. E claro, uma cartola ou algum chapéu, pois não deixa de ser uma ocasião que exige formalidade. Mas eu acredito que poderia dispensar as luvas. Afinal, as bodas terão por certo uma atmosfera leve, campestre.

Michael olhava com atenção as peças separadas pela jovem nua à sua frente. Por fim, concordou:

— Acho que tem razão, senhora. Realmente é uma ocasião formal, mas, ao mesmo tempo, revestida de frugalidade. Seguirei o seu valioso conselho — disse-lhe sorrindo, enquanto dobrava com cuidado peça por peça e as reposicionava na maleta. Enquanto isso, Molly se erguera e já colocava roupas íntimas e o vestido que usava quando recebera Michael em seu quarto. Desceu as escadas na frente do cliente, despedindo-se dele à porta. Ao fechá-la, retornou transtornada para o interior do bordel. Falou para todas as mulheres:

— Alguém me sirva gim! — bradou, nervosa, trêmula, sentando num banquinho na pequena cozinha improvisada do lugar. Uma delas providenciava a bebida, enquanto as outras se postavam à sua volta, preocupadas:

— O que houve, senhora?

— A senhora nunca bebe durante o dia.

— Está tremendo... Aconteceu algo?

Molly apenas tomou o copo da mão de uma delas e ingeriu tudo num único gole. O líquido descera rasgando a garganta tal qual água fervente. Passou a mão grosseiramente nos lábios e exclamou:

— Mais um!

As meninas se entreolharam. Nem todas estavam na casa àquela hora do dia. Algumas haviam saído para fazer compras, visitar parentes, aventurar-se entre as vitrines carregadas de guloseimas e finas *delicatessens*. Molly mais uma vez tomou a bebida num só gole. Desta vez, sentiu-se zonza tão logo baixou o copo. Encostou a cabeça na parede e se pôs a chorar. De tristeza, de pena. De raiva. As garotas se mostravam cada vez mais preocupadas:

— Senhora, o que houve? O senhor Hamilton lhe fez algum mal?

Ela balançou a cabeça em sinal negativo. Continuava chorando, silenciosa. Era raro vê-la chorar. Molly transmitia a todas a segurança que elas mesmas não tinham. Duas delas se ajoelharam em frente à morena, segurando suas mãos, que estavam frias. Molly suava.

— Dona Molly, por favor! Conte-nos o que aconteceu!

Molly baixou a cabeça. Respirou fundo, enxugou as lágrimas e o nariz na barra do vestido. Olhando para baixo, disse apenas:

— Descobri que minha irmã irá casar-se com um velho rico, que havia sido meu pretendente.

Todas arregalaram os olhos. Uma perguntou:

— A senhora ainda gostava dele?

Molly levantou-se num salto. A tristeza havia se transformado em fúria:

– Não! Jamais gostei daquele velho asqueroso! Sinto pela minha irmã, que agora será uma marionete nas mãos dele.

Uma delas perguntou:

– Senhora, mas esse homem é violento?

– Não. Violento, não. Mas é um desses esnobes que vivem a comprar tudo e todos com o dinheiro que lhe esborra dos bolsos.

– Mas por que sente por sua irmã? E por que a senhora mesma não se casou com ele? – quis saber uma das jovens, sem compreender os motivos da patroa.

– Porque eu jamais aceitei esse destino! Nunca fui simpática à ideia de ser uma moça nobre, cercada de servos, riquezas, limites alheios e frustrações! Nunca me afeiçoei à possibilidade de me esconder à sombra de ninguém, em especial de um homem, um marido. Sempre quis viver para mim mesma, à minha maneira.

– Mas senhora... Não vê que abriu mão daquilo com o que muitas de nós sonhamos? E talvez sua própria irmã também?

– Dinheiro e riqueza não garantiriam a felicidade de nenhuma de vocês!

– Mas garantiria a nossa dignidade! Não necessitaríamos permitir que as criaturas mais repugnantes nos tocassem em troca de algumas moedas!

– Vocês não veem? São livres! – disse Molly, enfática.

– Somos livres para sermos pobres! Marginalizadas! Para morrermos à míngua como Ally morreu, sem que ninguém da vizinhança se prontificasse a ajudá-la. Um casamento como esse poderia não nos trazer amor, mas nos traria segurança, dignidade e, ainda por cima, respeito da sociedade.

– O homem para quem acabo de abrir as pernas é casado há anos e deixou muito claro o "respeito" que possui pela mulher! Como, aliás, fazem a maioria dos meus clientes! Não percebem? A vida de muitas delas é uma ilusão! Ilusão de que são respeitadas, consideradas valorosas! Mas elas não passam de um vaso caro nas casas dos maridos! Pertencem a eles!

— A senhora abriu mão de casar-se com um homem rico para vir viver... essa vida? – indagou Sophie, que até então absorvia tudo em silêncio.

— Sim, Sophie. Abdiquei da riqueza para viver essa vida. Abdiquei das aulas de piano, dos círculos de leitura, viagens, adornos, ouro, pratarias e porcelanas. Abdiquei dos babados e das rendas importadas. Abdiquei dos chás e das reuniões familiares por isso! Para ser pobre, para ter os seres mais imundos sobre mim! Mas querem ouvir a verdade? Não me arrependo nem por um minuto! Pois da imundície dos homens posso me lavar! E tomar em minhas mãos um dinheiro que me pertence. É pouco, mas me pertence! E eu mesma decido sobre o que fazer ou não com ele. Eu mesma decido o que usar, como me vestir, que horas acordar. Eu mesma decido quem deve pagar ou não. Eu mesma decido quem sobe essas escadas e quem está proibido de pôr os pés nessa casa! Essas poucas liberdades me pertencem. E para isso, minhas queridas, não há preço!

As meninas silenciaram-se. Algumas encaravam o chão, outras fitavam o próprio vestido, as janelas, as panelas. A maioria não concordava com as palavras de Molly. Mas, ao mesmo tempo, sabiam que ela não estava de todo errada. Ela suava. Estava bastante alterada. Pôs as mãos na cintura, respirou fundo e continuou:

— Escutem, minhas companheiras. Essa foi a minha escolha. E estou genuinamente satisfeita com ela. Se alguma de vocês desejar abandonar esse barco velho e apodrecido que lhes ofereço para tentar singrar os mares dourados da burguesia, que se sinta à vontade. Não haverá impedimento de qualquer ordem de minha parte. Afinal, suas vidas lhes pertencem.

Elas continuavam em silêncio. Molly resolveu então subir e tomar um banho. Antes, solicitou que duas delas jogassem em sua tina alguns baldes d'água muito fria.

Após um longo banho, Molly resolveu andar um pouco. Um vento frio soprava nas ruas, o que aliviava levemente o mau cheiro que exalavam. Seus cabelos soltos, úmidos, balançavam à mercê da ventania, enquanto Molly apenas prosseguia caminhando. Ouvia um ou outro comentário pouco amistoso de mulheres "corretas", "dignas", "trabalhadoras". Apenas cruzava os braços embaixo do xale e caminhava, sentindo o frio doer em sua pele, pensando na irmã. Após andar bons minutos, parou em frente a uma taverna. Simples, pobre, como todo e qualquer lugar naquelas imediações. Sentou-se numa velha cadeira e pediu cerveja. A mulher que veio atendê-la encarou-a, desconfiada. Percebendo o olhar de censura, Molly apenas apressou-se em dizer:

– Tenho dinheiro! Pagarei! Traga-me, por favor, a bebida que pedi!

A mulher virou as costas devagar e sumiu por detrás de uma cortina velha. O lugar cheirava a suor e cigarro. Era escuro, com chão de terra batida. A moça voltou com uma larga caneca transbordando cerveja morna e amarga. Depois, retirou-se novamente, deixando Molly a sós com seus pensamentos. E ela pôs-se a pensar, refletindo sobre suas razões e as de Miranda. Uma das duas estaria errada? Se sim, qual das duas possuía a visão distorcida? Qual das duas seria, de fato, feliz? Molly se questionava. Era a primeira vez que realmente fazia isso. Por que ela não seguira os passos da mãe, das tias, das primas, da irmã? O que era tão incômodo em sua vida a ponto de querer trocar tudo por moedas num bairro podre? Tentava lembrar dos bons momentos com a família. Tentava pensar que, se estivesse em sua antiga casa, não sentiria frio naquele momento. Estaria debaixo de colchas macias, muito bem agasalhada e confortável. Porém, uma imagem vinha à sua mente insistentemente: a família reunida à mesa, seu pai falando-lhes e elas concordando com cada palavra, sem sequer ousar ponderar sobre elas. Lembrava que, desde pequena, imaginava fios presos aos braços e à cabeça da mãe, como se uma mão gigante a controlasse do alto. Suas irmãs cochichavam baixinho, prendiam bem os cabelos, passavam muito tempo defronte ao espelho para que seus laços ficassem impecáveis. Ela lembrava como detestava prender o cabelo. Como as rendas a impacientavam. Coçavam, sufocavam! E suas irmãs, ao contrário, andavam como bailarinas graciosas. Não faziam barulho, pareciam fantasmas. Lembrava de como sua mãe lhe censurava com veemência quando gargalhava. Por que era tão diferente das mulheres que tanto amava? Por que não se importava com o fato de ver nus os corpos mais execráveis, de sentir o terrível hálito do álcool e dos dentes podres tão próximos ao seu rosto? Será que valia mesmo a pena tudo o que escolhera, suas decisões e atitudes? E por que, Santo Cristo, não se preocupou com o que os pais e as irmãs sentiriam ao notar sua ausência? Sentia saudades delas, sempre sentira. Mas não conseguia, por mais que se questionasse, sentir saudade da vida junto a elas.

Após três canecas que serviram para aquecer-lhe o corpo, decidiu que não iria ao encontro de sua irmã. Não conversaria com ela a respeito do casamento, pois, da mesma maneira que havia decidido que rumo sua vida tomaria, a irmã tinha o mesmo direito. E não adiantava questionar os motivos de uma e da outra, mas apenas aceitar que eram diferentes, e que diferente portanto era a visão que cada uma delas tinha da vida, da felicidade, do bem-estar. E, no mais, realmente o velho Albie lhe parecia asqueroso, mas talvez sua irmã não concordasse. Quando saiu da taverna em direção ao cortiço, sentia-se tonta e mais aliviada. Que Deus abençoasse sua irmã e as mulheres de sua família. Já estaria satisfeita assim.

Do outro lado da cidade e da balança social, Charles perdia a paciência com a inquietude do pai, que exclamava:

— Se o navio que esperamos não aportar nos próximos dias, teremos um prejuízo lastimável!

Ambos situavam-se na luxuosa residência de Paul O'Connor. Charles foi chamado às pressas pelo pai após este ter sido avisado de que um navio que trazia uma enorme carga de algodão sofrera um atraso. Ouvira até que havia sido apreendido em alto-mar por suspeita de transportar escravos, situação proibida graças ao *Aberdeen Act*.[1] Os O'Connor com certeza não seriam responsabilizados pelo fato, caso fosse demonstrada a sua veracidade. Contudo, o simples atraso não era bem-vindo naquele momento:

— Possuímos uma reserva de algodão para mais uma semana. E apenas isso! – exasperava-se Paul.

Charles limitava-se a esfregar a testa com a mão, com os olhos fechados, tentando manter a calma. Seus irmãos estavam em casa. Francis curava mais uma ressaca roncando em seus aposentos enquanto Julie reunia-se com algumas amigas na varanda, provavelmente discutindo detalhes e idiotices sobre o casamento... E somente ele ali, a suportar mais uma das crises nervosas do pai. Não o via tão preocupado desde a fome que atingiu em cheio as indústrias da família em Lancashire, consequência da supressão do fornecimento de algodão, decorrente da Guerra Civil americana. Não era nada tão grave um navio aportar em Liverpool com alguns dias de atraso, mas sabia que o nervosismo do pai nascia do declínio que já atingia a indústria têxtil havia algumas décadas. Toda a fortuna de seu pai, que era um ás na arte de empreender, mas um fracasso em se renovar, se diferenciar e se adaptar, tinha sido construída sobre as fábricas, de

---

1 O *Aberdeen Act* foi um Ato do Parlamento britânico que visava pôr término à escravidão e autorizava a apreensão de qualquer navio suspeito de transportar escravos. Foi proposto por Lord Aberdeen, Secretário de Estado para Assuntos Estrangeiros, durante o reinado da Rainha Vitória. (N.E.)

tal modo que os inevitáveis reveses, como guerras ou pragas que atingissem a cultura algodoeira, o desesperavam.

– Meu pai, acalme-se. Decerto não ocorreu nada grave e logo o fornecimento será reestabelecido. Além disso, uma pequena queda na produção não nos trará um prejuízo tão catastrófico como você imagina – ponderou Charles. Seu pai o encarava, perplexo:

– Muito me admira, meu filho, que você, tão responsável e envolvido nos negócios da família, demonstre tamanha insensibilidade quanto à gravidade da situação!

Charles resolveu calar-se. Seus olhos azuis refletiam o cansaço que o impedia de levar adiante qualquer argumentação. Ouvia as lamentações de Paul pela milésima vez. E sentiu por ele, pelo fato de que suas indústrias tão preciosas eram também tão vulneráveis a acontecimentos externos, que fugiam ao seu controle. Obviamente, o pai temia a decadência e o empobrecimento. Charles dividia com ele o mesmo temor, mas enxergava os negócios com mais coragem. Acreditava que poderiam ter diversificado seus investimentos, como muitos faziam na época. Assim, não ficariam tão indefesos quando uma crise se abatesse sobre eles.

⊱❦⊰

As primeiras horas da noite já se anunciavam quando ele enfim retornava para casa, a cabeça tomada por intensa dor. Desejava ansiosamente fechar os olhos, deitado sobre uma confortável cama. Sem preocupações ou deveres. Apenas ele, sua respiração, o silêncio da noite e um par de pernas macias e quentes. Um mar de cabelos castanhos. Apenas ele e as maravilhosas sensações que Molly lhe proporcionava.

V

Formidável fora o banquete oferecido nos jardins de Albert Miller. Um casamento prodigiosamente belo e sem percalços de qualquer natureza. Miranda e Mariah, sua irmã mais nova, tentavam em vão conter as lágrimas e a excitação. Agora senhora Miller, Miranda desfilava entre os convidados com graciosa discrição, enquanto os olhos do esposo acompanhavam-na sob o sol fresco daquela manhã.

Estavam reunidos sobre cadeiras acolchoadas postas embaixo de uma árvore Albert Miller, Patrick Williams, Paul, Francis e Charles O'Connor, Michael Hamilton e alguns outros capitães da burguesia londrina.

– Mas que bela cerimônia, meu velho Albie! – Paul O'Connor exclamava, observando a imensidão verde dos gramados, as mesas com quitutes, as bebidas aos montes, os lírios brancos adornando mesas, cadeiras e outros belos enfeites produzidos especialmente para a ocasião.

– Sinto-me satisfeito, de fato – disse Albert, e continuou: – Acredito que a felicidade se faz completa agora, depois da decepção dos anos passados.

Patrick Williams abaixava os olhos situados acima do majestoso bigode marrom. Disse ele:

– Sua felicidade é compartilhada por mim, amigo. Fomos obrigados a suportar uma vergonha lastimável...

– Passado, senhores. Passado! – interrompeu Paul, e arremeteu: – O momento é a coroação do sucesso do nosso bom amigo Albert. Um ciclo agora se fecha, abrindo-se outro para a estabilidade e um herdeiro!

Todos riram e ergueram suas taças.

Francis, o mais novo dentre eles, era também o mais ausente. O delicado champanhe que tomava lhe descia garganta abaixo a largos goles, enquanto admirava os vestidos das jovens, agora mais empinados na parte de trás. "Que maravilha é a moda...", pensava ele. Charles permanecia em silêncio. Sorria quando sorriam, concordava quando afirmavam, fazia-se sério quando os outros assim o faziam. Vez ou outra, observava a esposa reunida com outras damas. Era a mais bela dentre aquelas com quem compartilhava a mesa. Sentia um pouco de orgulho machista. Observava também os gêmeos correndo de um lado para o outro com outras crianças, provocando alguns dos labradores de Albert. Distraía-se com facilidade. Às vezes, acreditava ser mais divertido correr atrás de cães e suar como um porco naquele jardim do que aturar os mesmos assuntos, vindos dos mesmos homens, quase todos na mesma situação.

Num determinado momento, ouviu Patrick dirigir a palavra ao trêmulo Michael:

– Que bela indumentária, amigo! Sua senhora anda envolvida com a moda? Pois bem sabemos que você não se sai muito bem quando se trata de vestimentas...

Todos riram. Michael tinha fama de se vestir mal. Quer dizer, não era a qualidade das roupas que era embaraçosa, mas sim a forma como as vestia: ou todo de preto, ou quase todo de branco.

E quando se atrevia a mesclar cores, hábito já não tão explorado entre os homens daquela época, sempre escolhia a combinação mais esdrúxula possível.

— Devo confessar que contei com uma magnífica ajuda feminina... — disse ele, pondo o cachimbo no canto da boca com um sorriso malicioso no rosto.

— Ah, seu velho porco imundo! Conte a quem pagou para aguentar o peso de suas pelancas!

As gargalhadas ressoaram com as palavras de Albert. Michael sorriu um tanto constrangido e falou, em voz baixa:

— É uma dama de um cortiço situado a leste daqui. Não chega a ser dona de uma beleza impactante, mas sua carne é doce e macia como a de um pêssego recém-colhido...

— Quem é essa dama? Esse tesouro você bem que poderia dividir conosco! — exclamou Charles, curioso. Paul o olhou com certa desaprovação, mas permaneceu quieto. Mesmo porque sua curiosidade também havia sido atiçada.

— Ela atende pelo nome de Molly. Possui um cabaré pequeno, próximo a...

Charles já não ouvia mais nada. Todos prosseguiam com a conversa picante, as taças em direção às bocas sôfregas dos homens respeitosos de Londres, as baforadas, as gargalhadas, os olhares voltados com interesse para o velho Mike. Patrick e Albert eram os mais afoitos por informações da moça: "É morena?", "É moça?", "Até que ponto desvirtuada?", "O local é discreto?", "Cobra muito caro?". Charles observava a curiosidade dos companheiros com certa repulsa. Não que tivesse sido acometido por um repentino moralismo — mais falso que a simpatia entre eles, aliás. Simplesmente reparava nas afirmações de Michael e imaginava como ele poderia se sentir são e salvo após deitar-se com Molly! E o que teria sido capaz de fazer com ela, Santo Deus? Era um resto caquético de homem, apenas lembrança de que fora um dia, talvez, um macho! E Albert e Patrick desejavam conhecê-la? O recém-casado e o pai da noiva deixando assim, tão clara como a luz do dia, a força da luxúria que em verdade possuía a todos? Francis não parecia muito interessado, absorto que estava em contemplar as belas e finas damas ali presentes. Mas Charles percebeu que, mesmo o seu pai, em silêncio, queria saber mais sobre Molly. Bastava olhar para ele e notar que sua atenção era palpável! Sentiu nojo. Não sabia se de si mesmo, de Molly, dos homens ao redor dele... Voltou os olhos para sua esposa, que o encarava de longe. Acenou para ela, que lhe devolveu o aceno prontamente, acompanhado por um belo sorriso. "Como é bela, Katherine. Minha Katherine! Tenho uma das mais belas e delicadas damas aqui presentes. De que me importa se Michael deitou com aquela vagabunda? De que me importa se esses outros velhos, praticamente mortos-vivos, também a procurarem? Provei do seu mel e já me basta! Tenho Katherine. Minha Katherine." Charles repetia dentro da cabeça essas palavras com toda a convicção que faltava em seu olhar angustiado. Era evidente que Molly se deitava com outros. Era evidente que deveria estar naquele momento com algum rosto sujo afundado em seus cabelos. Sempre soubera disso. Então por que o incomodava que aqueles senhores a tocassem? Talvez porque Molly tenha sido, de alguma forma, única para ele. E sem dúvida a recíproca não era verdadeira. Sentiu-se abafado! Levantou-se educadamente, solicitando a permissão dos companheiros, e foi ao encontro de Katherine. A bela loira de vestido verde-musgo se pusera em pé, sorrindo para receber nas mãos os afagos do marido. Trocaram algumas palavras discretas sobre a festa. Charles se esforçava em recuperar o fôlego e o bom humor. Katherine perguntou-lhe:

— E vocês, sobre o que conversam? Você parecia desinteressado...

— Sempre me desinteresso quando começam a falar de negócios. Meu pai contava pela milésima vez sobre o atraso do navio, mesmo tendo aportado ontem em Liverpool. Não conseguem se desligar do dinheiro. É o canto das sereias!

– Querido, você é semelhante a eles. Convenhamos...

– Mas não a todo instante e em qualquer lugar. Agora mesmo, uma dama de verde me parece muito mais interessante... – falou Charles, fixando o olhar na esposa. Katherine sentia-se encantada pelo marido, como uma boba. Beijando os lábios delicados da mulher, Charles sabia que teria trabalho naquela noite.

Durante toda a comemoração, o nome de Melinda havia sido cuidadosamente evitado por todos os presentes. Apenas algumas mulheres arriscavam um palpite sobre a "burrice da mais velha". Conjecturavam também sobre o futuro de Mariah, as núpcias de Albie e Miranda, os novos casais que discretamente eram formados em encontros como aquele, as novas famílias que se uniam, novos impérios, novas fusões. Encontros sociais, mesmo um casamento, apresentavam excelentes oportunidades de negócios para os homens e de troca de confidências entre as mulheres. O vestido da noiva, a bajulação asquerosa dos mais interesseiros sobre os representantes da Corte, as prováveis desvantagens anatômicas de Albert, uma ou outra convidada totalmente fora de moda ou escandalosamente exuberante. A colorida, engomada, perfumada, rica, brilhante, hipócrita sociedade burguesa londrina estava retratada nas diversas faces presentes no magnífico matrimônio daquela manhã de sábado.

⁓⁂⁓

À noite, Margareth, a esposa de Patrick, recolheu-se cedo. Chorou baixinho em seus aposentos, feliz pela filha do meio, sua bela Miranda, agora bem guardada num cofre no topo da pirâmide social. Pensava no futuro de Mariah. E quase sem querer, pôs-se a pensar em Melinda. O que foi feito de sua filha mais velha?

Sentiu-se aliviada ao perceber que os convidados haviam mantido discrição com relação à primogênita. Não dormira nas semanas anteriores temendo que o nome dela viesse à tona e os envergonhasse na frente de todos. Mas, ao passo que o alívio surgia, brotava também a tristeza por sua filha ter evaporado no mundo. E ninguém parecia sentir sua falta. Nos primeiros anos, as irmãs choravam, preocupadas, esperavam notícias, um retorno. Ou ao menos um corpo sobre o qual lamuriar antes de ser enterrado. Contudo, as semelhanças entre Miranda e Mariah as uniam de tal forma que esqueciam Melinda. Mais e mais, até agirem como se ela jamais tivesse existido. O marido foi o primeiro a renegar a filha. Passada a fúria, Patrick temia que ela retornasse. Melinda sempre foi mais um problema do que uma filha, reiterava ele. Margareth mantinha-se calada. Ouvia com resignação as críticas duramente dirigidas à sua Mel. Assistira aos poucos à adaptação da família ao número quatro. O quarto de Melinda fora transformado numa sala de música e estudos, e alguns animados saraus já haviam sido organizados por eles no cômodo que outrora pertencera a uma jovem rebelde. Margareth evitava pensar em Melinda, pois doía-lhe o peito por não saber o destino da filha. Adormeceu com algumas lágrimas ainda escapando de seus olhos.

⚜

Lágrimas também foram derramadas por Molly naquela noite. Durante todo o sábado, esteve recolhida em seu quarto. Suas refeições foram levadas até ela. À noite, não desceu e recebeu apenas dois clientes: um novato cujo nome logo esquecera, magro, pálido. Parecia um esqueleto faminto. E ainda um cliente que já conhecia, Thomas, operário da recém-criada indústria de aço. Ele cheirava a fumaça química e era forte; um brutamontes. Dava-lhe trabalho, pois sempre vinha disposto demais. E justamente naquela noite, Melinda teve que se esforçar para agradá-los, pois sua alma acordara soturna. Pensou na irmã e na família durante todo o dia. Imaginava o que não deviam ter falado sobre ela. A imagem de Albert desnudando a delicada Miranda vinha lhe atormentar a mente com frequência. "Mas que diabos! Ela é adulta, deve estar feliz! Esqueça Miranda, Molly! Esqueça!".

⁂

Como bem previa, Charles foi sexualmente solicitado pela esposa ao deitar. Conseguiu fazer um bom trabalho. Fantasiara com Molly em sua cama. A bem da verdade, fantasiava com Molly na banheira, na mesa durante as refeições, nua em pelo em sua carruagem ou coberta apenas pelo fino e branco algodão das fábricas. Molly alimentava seu lado aventureiro, ousado. E logo lhe vinha à mente a imagem da prostituta com todos os velhos que a desejaram pela manhã: Albert, Patrick, seu pai. Visualizar a figura frágil de Michael o fazia rir! Será que Molly sentira algum prazer? Será que ele mesmo já havia feito aquela mulher atingir o êxtase? Os sinais femininos nunca foram fáceis de decodificar. Por exemplo, certificava-se de que sua esposa se satisfazia com ele. Se não pela via do prazer físico, pela via do contato afetivo. Mesmo assim, sua esposa se continha. Algumas vezes puxava-lhe os cabelos, apertava-lhe as costas, como se estivesse prestes a deixar escapar de si uma fêmea no cio. Mas mantinha sempre o controle: seus gemidos eram baixos, jamais deitava por cima. Envergonhava-se demais. Algumas vezes o acariciava intimamente por debaixo das cobertas, e outras raras vezes se deixava acariciar. Era um interessante paradoxo: na vida doméstica e social, fartura e exagero. O exagero das refeições, das bebidas, dos vestidos, das sombrinhas, dos quadros, dos montes de objetos decorativos espalhados pela casa – em especial na sala de visitas. Do luxo dos pianos e cabriolés, das costuras; luvas e laços. Em contrapartida, na vida sexual, assim como no trabalho, contenção. Manter relações com o cônjuge era o mesmo que um balanço contábil. Fazia-se periodicamente, quase que com a mesma exatidão matemática. E os homens e mulheres daquela época estavam bem habituados àquela situação. O equilíbrio emocional era essencial para o equilíbrio econômico. As paixões eram venenosas! Podiam destruir não apenas famílias, mas fortunas e reputações. Da casca para fora, essa era a lei seguida por todos; pelos ricos com mais presteza, obviamente. Mas da derme para dentro, havia uma guerra entre a manutenção do poder e os excitantes perigos que ele podia pagar. Molly era assim: um perigo excitante, vigoroso, magnífico. Molly gostava de sexo. E como gostava! Deleitava-se, espreguiçava-se na cama, rainha de seu trono. Sentia-se confortável nua. Tocava seus homens onde nunca eram tocados. Proporcionava novas sensações a eles, sorria, se divertia. Para ela, corpos nus podiam ser tão peraltas como crianças brincando. As imagens de Molly, seu cheiro, sua voz, seu hálito vinham à tona sempre que Charles abria a mínima fresta mental. Precisava de pouco, muito pouco para se imaginar envolto nas teias daquela viúva-negra. Precisava tomar cuidado com Molly. E precisava voltar a vê-la com urgência. Resolveu fazê-lo já na semana seguinte. Mais uma vez, em uma tarde fugidia, um período invisível entre os negócios e o lar.

⁎

– Minha querida, posso perguntar algo da sua intimidade?

Estavam os dois deitados, nus, olhando para o teto manchado do quarto dela, que fumava preguiçosamente. Molly não era fumante assídua, mas após o sexo sentia-se atraída por algumas tragadas. Era quase um ritual. Respondeu, observando distraidamente o movimento sinuoso da fumaça recém-expulsa dos seus lábios:

– Claro. Sinta-se à vontade.

– Pergunto-me se você... se a senhora consegue algum prazer nesse quarto, quando acompanhada por seus tantos clientes...

– Não seja tão formal, Charles. Mais ainda quando deseja saber se atinjo o orgasmo.

Ele gargalhou, um tanto envergonhado:

– Perdão, minha dama. Tenho noção do quanto isso é pessoal...

– Não são todos que conseguem de fato me fazer vibrar de prazer. Com a maioria, sinto algumas boas sensações, claro. Mas raríssimos são os capazes de me enlevar de tal forma.

Charles olhou para Molly, que permanecia encarando o teto. Perguntou:

– Eu sou um deles?

Molly devolveu o olhar. Sabia que ele perguntava por vaidade mas, ainda assim, era surpreendente que quisesse saber.

– Sim, meu caro. Você é um deles.

Charles fitou-a com atenção, como se rastreasse algum vestígio de mentira naquela afirmação. A moça parecia falar com segurança. Então, debruçou-se sobre ela e beijou-a. Um beijo como aqueles não era cedido com tanta facilidade. Não se beijava apaixonadamente prostitutas, e raras vezes as esposas eram também alvos desse tipo de intimidade. O beijo era um carinho discreto ou o prelúdio indispensável ao sexo. Línguas salientes como as do casal deitado naquela cama, unidas pelo simples prazer de estar, pela simples vontade de sentir do outro o gosto da saliva, o ofegar. Em suma, a poucos era destinada essa sorte. O olhar de Charles encontrou o de Molly. Ele desejou espraiar-se novamente sobre o corpo dela, e perguntou:

— Você viajaria comigo?

Molly deixou escapar o mais travesso dos sorrisos.

— Viajar? Para onde?

— Na próxima semana devo visitar algumas das fábricas de minha família em Lancashire. Ficarei três dias lá. Há uma casa suficientemente confortável para nós dois nesse período.

— E mais alguém fica nesta casa?

— Não. A casa pertence à minha família. Era o lugar no qual morávamos quando pequenos, antes de meu pai afortunar-se e decidir mudar para cá. Raramente vamos os dois de uma vez. Ou vai ele, ou eu.

Molly o escutava com atenção. Olhou novamente para o teto e mordeu os lábios, pensativa. Por fim, falou:

— Três dias... E meus clientes? E minha casa...?

— São apenas três dias. Se você adoecesse, os seus clientes não teriam que abrir mão da sua companhia? – disse Charles, um tanto contrariado.

Molly voltou a refletir e replicou:

— Pensarei no assunto com genuíno carinho, mas não farei promessas agora. Sinto-me indecisa...

— Tudo bem – respondeu Charles, levantando-se e alcançando suas roupas –, volto em alguns dias para saber sua resposta.

Terminou de se vestir em silêncio. Pousou os lábios delicadamente sobre a boca carnuda da mulher e retirou-se. Queria voltar para sua carruagem, para casa. Sentia as mãos suarem, o coração palpitar. Arrependeu-se de fazer o convite assim que saiu do quarto de Molly. Estaria se arriscando demais ao viajar de trem ou navio com outra mulher. E uma viagem como aquela em sua carruagem seria deveras cansativa. Queria, na verdade, fugir um pouco que fosse do estigma dos encontros fortuitos. Com Molly, conversava sobre artes e política. Era sem dúvida uma mulher cheia de argumentos interessantes, com um sólido conhecimento intelectual e muito bem informada para uma prostituta. Deu-se conta de que aquilo não era muito comum em mulher nenhuma, menos ainda numa prostituta! Molly era realmente uma joia escondida entre lençóis velhos desbotados. Mas... por quê? De onde viera? Por que estava ali? Seu nome era Melinda, mas por que essa informação deveria permanecer em segredo?

⁂

Charles percebia, a poucos metros de casa, que Molly se enraizava em seus pensamentos de maneira cada vez mais profunda. Estaria ele se apaixonando? "Ora, quanta imbecilidade minha mente é capaz de produzir! Óbvio que não! Molly é diversão lasciva, um esporte ao ar livre, um exercício, um alívio! Nada que marque além da fina superfície da pele!" Abriu a porta e entrou em casa. Desta vez, se dirigiu rapidamente à esposa, que acompanhava os gêmeos na aula de piano:

— Então, como estão nossos garotos?

— Estão progredindo muito bem, de acordo com o senhor Potter.

James Potter era o professor de piano dos garotos. Procurando demonstrar interesse no âmbito doméstico, Charles indagou:

— Que maravilha! O que aprenderam?

— Hoje tocaram Liszt e um pouco de Chopin — replicou o professor.

— Ficarei maravilhado em ouvi-los mais tarde — comentou o pai dos garotos.

— Não quer ficar e ouvi-los agora? — perguntou Katherine.

— No momento, necessito me recolher. Mas logo estarei pronto para o jantar — foi a resposta do marido.

Desferiu um beijo na testa da esposa e foi para o quarto. Precisava ir ao toalete para pensar mais um pouco em Molly. Levou consigo algumas folhas de papel, além de uma velha caneta-tinteiro guardada numa gaveta de suas cômodas. De maneira sofrível, quase desesperada, lançou-se ao chão frio do banheiro e escreveu:

Ah! Minha dama. Essa que não me sai da cabeça!
Essa dama gravada em minha pele como ferro em brasa.
Que faço eu? Que faço eu para esquecer-te?
Como posso agora me livrar das memórias do teu sabor, dos teus redondos quadris, do teu suor?
Como faço para destituir meu corpo dessa franca vontade?
Como posso não querer as delícias que tuas pernas guardam para mim?
Como posso ficar incólume ao desatino dos teus gritos,
ao odor de tuas sensações,
aos teus movimentos de leoa ferida,
abaixo ou acima de mim?
Minha dama, minha doce dama...
Poderia agora mesmo desfazer-me em teus lábios
e banhar-te os seios róseos, teu colo, teu ventre...
Minha dama, cuja maior virtude é inundar de pecado minhas veias
e me fazer sedento, corroído por um desejo
que não me abandona...
Chego a sentir a mais risível autopiedade,

pois sei que não haverá consolo para minhas contradições enquanto existires...

Dobrou o papel. Logo se juntaria aos outros na pasta negra em que guardava as memórias de Molly. Precisava desvencilhar-se dela e dos próprios pensamentos. A mente e o corpo começavam a brigar por mais espaço. Ele havia sido envenenado.

VI

Charles não foi ao encontro de Molly na semana seguinte. Decidiu viajar sozinho, para ao menos tentar se concentrar na situação das fábricas, que eram três ao todo. No início, os tecidos nelas fabricados eram simples e grosseiros, pois boa parte deles era destinada a cobrir os escravos, enviados para as mais diversas partes do mundo. Contudo, a multiplicação da riqueza e o crescimento incessante da população londrina fizeram com que se especializassem também na fabricação de tecidos mais finos e resistentes, tingidos em diversas cores, de modo a abastecer não só os mercados estrangeiros, mas também a própria Inglaterra e seu mercado interno. O jovem empresário caminhava entre os operários em silêncio, observando as máquinas e a atenção das mulheres e dos pequenos ao manuseá-las. Sempre havia as solicitações trazidas pelas bocas dos capatazes ou das operárias mais corajosas: requeriam a diminuição das cargas horárias, aumento do salário por horas trabalhadas e providências quanto aos riscos inerentes ao manuseio das engrenagens. Paul, seu pai, costumava ensurdecer aos apelos, afinal, mão de obra não era problema. Mas Charles sabia o poder que os sindicatos detinham já naquela época, e costumava adiantar-se a qualquer movimentação grevista e/ou revolucionária, lição aprendida após os assombrosos anos da Revolução Francesa. Para completar, Charles carregava consigo uma sensibilidade mais aflorada em relação aos problemas pessoais de seus funcionários do que o velho Paul.

Ao retornar para Londres, foi ao encontro de seu pai. Como de costume, discordaram muito e concordaram pouco. O fato é que o período glorioso do ferro e dos tecidos era parte do passado. Aos empresários remanescentes, que não faliram com as crises cíclicas de uma economia mundial interligada, restava fazer uso da flexibilidade e da inteligência para não ter que beber do amargo poço da derrota financeira. Inteligência não faltava a ambos. Mas a flexibilidade não era o forte de Sir Paul O'Connor, que se mostrava ainda mais impaciente naquele dia:

— Charles, meu filho, já lhe disse que não tomarei nenhuma decisão incerta. Você não vê o que acontece todos os dias? Não vê nossos amigos atolados, endividados na vã tentativa de salvar seus negócios, à beira da falência? Estamos num período ingrato demais para correr riscos.

Enquanto argumentava com o filho, Paul punha um casaco cinza-escuro sobre as costas, do qual pendia um relógio, preso a uma reluzente corrente de ouro. Parecia ansioso:

— Ouça, estamos andando em círculos há horas. Não venderei fábrica alguma nem tampouco mudarei os tecidos que fabricamos.

— Mas pai, escute-me um pouco...

— Falemos sobre isso num outro momento. Agora estou atrasado por demais.

— Por que tanta pressa?

Paul emudeceu por um momento. Olhou de soslaio para o filho sem responder à pergunta ao passo que Charles insistiu:

– Por que está tão apressado, meu pai? Algum problema?

Tentando disfarçar o enorme constrangimento, Paul disse apenas:

– Tenho um compromisso agora à tarde.

Charles tentava adivinhar o que seria mais importante do que as fábricas.

– Que compromisso exige do senhor tamanha correria?

Paul manteve-se quieto e alcançou a cartola em silêncio.

– Meu pai, o que há? Por que este silêncio? Está me deixando preocupado.

– Não é nada demais, Charlie. Farei uma visita a uma amiga que está adoentada.

Charles desconfiava da atitude do pai. Toda aquela ansiedade sôfrega para visitar uma amiga doente?

– Quem está adoentada? E por que mamãe ou Julie não acompanham o senhor? – repetiu o filho.

– Sua mãe não a conhece! – devolveu Paul, com rispidez, enquanto colocava a cartola no topo de sua branca cabeça.

– Conheço essa senhora?

– O que há? Está planejando vigiar meus passos? – Paul parecia irritado e extremamente desconfortável com as infindáveis perguntas do filho.

– E por que faria isso? Minhas perguntas não são em nada ofensivas ou invasivas.

Paul encarou o herdeiro. Seu olhar era de um animal acuado e, no fundo, temeroso. Charles manteve-se firme. Sim, desconfiou do pai. Ele jamais havia mencionado ou sequer sugerido concretizar visitas sem a companhia da esposa, especialmente a amigas. Paul jamais possuiu amigas. E Charles não esquecera do aparente interesse do pai quando o velho Mike citou Molly. Paul baixou os olhos e respirou fundo. Aproximou-se do filho e confidenciou, em voz baixa:

— Estou indo visitar uma moça de que Michael falou no casamento de Albie.

Charles corou. Não sabia se de vergonha ou de ciúme. O fato é que se sentiu atingido de tal maneira que as palavras por pouco não fugiram-lhe dos lábios.

— Está indo ao encontro daquela moça desvirtuada? Como tem coragem de confessar isto?

— Ora essa! Agora receberei lições de moralidade de sua parte? Respeite-me, pois ainda sou seu pai! E, ademais, você bem deve saber que a sua mãe já não aceita contatos comigo. Em respeito à vontade dela, irei ao encontro da tal mulher. Ninguém saberá. E necessito aliviar-me das tensões cotidianas. Você sabe do que falo, você é um homem! Ou não?

Charles permaneceu em um silêncio sepulcral. O que poderia fazer? Ao menos seu pai realmente não possuía outra opção, ao contrário dele. Mas... por que com Molly? Tinha que ser ela a escolhida? Afinal, prostitutas não faltavam, até mais jovens e graciosas que a morena de cabelos revoltos. Sentiu náuseas. Por fim, seu pai, apanhando a bengala, bateu no ombro do filho, dizendo:

— Escute-me, numa outra hora conversaremos sobre as fábricas. Prometo considerar suas ideias. Mas agora devo ir.

E assim, dirigiu-se à porta da luxuosa residência, e de lá rumo à carruagem.

※

Charles sentou-se numa poltrona da grande sala de seu pai. Sua mãe e irmãos estavam ausentes naquela tarde; na casa havia apenas ele e os criados. Pôs-se a pensar. Vinha escrevendo, de maneira febril, textos sobre Molly. Percebeu que era uma maneira de controlar a cada vez mais intensa necessidade de ir ao encontro dela. Ao mesmo tempo, participava com mais afinco da vida familiar: levava Katherine e os filhos a espetáculos infantis, pedia à esposa que organizasse mais chás na residência familiar para receber os amigos. Procurava, assim, conseguir um pálido distanciamento mental da prostituta. Mas ainda escrevia em segredo com frequência. Escreveu durante toda a viagem a Lancashire: durante a estadia e durante o retorno a Londres. Escrevia durante as madrugadas em que se sentia sufocado pelas lembranças, após o almoço, ao alvorecer. Escrevia no quarto logo que Kate dormia e escondido no toalete. Escrevia e escrevia... Longos foram os dias em que escrever era tão indispensável quanto um vício. Era catártico. Que tipo de teste cruel era aquele? Mais parecia que o proibido e condenável tinham o dever de ser extraordinariamente atraentes. Charles não encontrava respostas ou saciedade. Apenas escrevia e escrevia. Sua pasta negra enchia-se de papéis que muitas vezes eram relidos enquanto explorava o próprio corpo. Foi perdendo o receio de fazê-lo. Ou, talvez, fosse o desejo que se tornava tão insustentável a ponto de não haver outra saída. E agora estava ali, imaginando o próprio pai... a tocá-la.

Levantou-se súbito e dirigiu-se à carruagem que o esperava do lado de fora da casa. Pediu ao cocheiro que conduzisse o veículo em direção à residência da adorada prostituta. Parou numa esquina, distante o suficiente para não ser notado quando o pai deixasse o cortiço. Viu a carruagem do velho Paul estacionada e foi tomado por uma terrível inquietude. Não sabia ao certo se tinha vontade de chorar ou de gritar, se motivado pela raiva ou pelo desconsolo, se considerava a situação uma ofensa à sua mãe ou a si mesmo. O fato é que aqueles quarenta minutos em que permaneceu à espreita pareceram os mais longos de sua vida. Enfim, viu seu pai sair pela porta da frente e, sem perder tempo, entrar na carruagem que o trouxera, seguindo com rapidez na direção oposta. Charles sentia-se confuso. A seu pedido, sua carruagem encostou na entrada do cortiço. Seu olhar voltou-se para cima, de encontro à janela de Molly. Estava aberta. Sem mais pensar, bateu à porta do já conhecido cabaré.

– Boa tarde. Por gentileza, a senhora Molly está disponível? – perguntou Charles a uma magrinha que veio atender a porta.

– Creio que sim, senhor O'Connor. Por favor, entre.

Charles entrou, trôpego, tirando a cartola.

– Pode subir – disse a moça, sem hesitar.

Subiu as escadas e posicionou-se à porta do quarto de Molly, chamando-a:

– Quem é? – perguntou ela. Som d'água vindo do quarto.

– É Charles O'Connor, senhora.

– Ah, pode entrar!

Charles abriu a porta. E viu Molly dentro da tina cheia d'água, confortavelmente recostada, enquanto fumava um cigarro, que pelo odor devia ser dos mais baratos. Deu um largo sorriso:

– Ora, ora, quem vejo aqui? Senti sua falta, Charles!

Charles fechava a porta, trêmulo, sério. Tentou disfarçar:

– Como está, minha dama?

– Um tanto cansada... mas feliz com sua presença. Você passou numerosos dias distante deste quarto...

A água mesclava-se com a espuma. Molly aparentava ser ainda mais selvagem com os cabelos molhados. E, ao mesmo tempo, tinha um aspecto fresco e leve como uma brisa de verão. Charles sentou-se na velha cadeira, defronte a ela, após repousar o casaco e a cartola na mesinha.

– Infelizmente, não pude cumprir aquilo que prometi, Madame. Acontece que alguns problemas nas fábricas exigiram que eu...

– Esqueça! – interrompeu ela. – Está aqui agora, não está?

Charles sorriu. Sua vontade mais íntima era de entrar naquele velho balde amadeirado e banhar-se junto a ela, sentir dela o corpo úmido e arrepiado. Mas a visão de seu pai...

– Estou sim, certamente. E como vai a minha bela Molly? Anda desencaminhando muitos homens bons?

Ela deixou escapar uma sonora gargalhada. Estava totalmente à vontade, o que deixava Charles ainda mais incomodado. Ela falou com notável malícia:

– Sim, tenho colhido bons frutos. Cada vez recebo mais senhores endinheirados à procura de uma aventura. – Charles a contemplava em silêncio. Preferia deixá-la falar, mesmo porque estava nervoso demais. Ela continuou: – Agora mesmo acabo de receber um cliente novo. Vistoso, educado. Velho, mas cheirava muito bem.

Charles não conteve o ímpeto de passar a mão pelos próprios cabelos. A raiva aumentava.

– É mesmo? Um idoso?

– Não era tão idoso. Tinha uma cabeleira branca e parecia muito respeitável.

– Qual o nome do cidadão?

Molly olhou para Charles. Depois fitou o teto. Por fim, admitiu:

– Não me recordo...

– Seria Paul?

– Sim, creio ser esse o nome... Mas não estou certa.

– Não seria Paul O'Connor? – Charles agora apoiava os cotovelos nas próprias pernas, aproximando-se dela com um olhar nada amigável. Ela percebeu o que parecia ter acontecido e decidiu disfarçar:

— Não tenho certeza do nome, menos ainda do sobrenome. Por que me faz esse tipo de pergunta?

Ele cravou nela os olhos, em silêncio, por alguns segundos. Por fim, libertou pausadamente as palavras que estavam presas dentro de sua boca:

— O nobre senhor que acabou de receber, de cheiro agradável e cabeleira branca, é meu pai.

Molly encarou os belos olhos azul-turquesa e apagou o cigarro na tina, na tentativa de disfarçar certo constrangimento. Replicou, com calma:

— Bem, não sabia que era seu pai. Parece um bom homem.

Charles a fuzilava com o olhar. Molly pôs-se em pé; a água escorrendo por seu alvo corpo. A visão dos negros pelos da virilha dela o enlouquecia. A prostituta então alcançou um velho pedaço de pano grosso e começou a enxugar-se. Voltou sua atenção a Charles e perguntou:

— Como sabia que seu pai viria até aqui? Você propagandeou algo? — Ao ver que Charles não respondia, ela insistiu: — Você o seguiu até aqui? Ou anda me vigiando?

Silêncio. Ele tentava manter o controle, respirar fundo. Não demonstraria jamais ciúmes de uma prostituta. Por fim ela falou, enrolando o corpo voluptuoso no pano enquanto grossos pingos d'água caíam das pontas dos cabelos:

— Senhor O'Connor, confesso não entender a razão de sua vinda até aqui. Parece contrariado, embora eu não entenda o porquê. O senhor que acaba de deixar meu quarto foi educado, gentil, e pagou o preço que lhe foi cobrado. Como a qualquer outro cliente, atendi-o com presteza. Essa é minha vida, meu trabalho, meu sustento, meu dia a dia. Não questiono a origem de meus clientes.

Charles levantou-se da cadeira e fez um gesto de recolocar o casaco. Molly, percebendo que a situação o desagradara, aproximou-se dele:

— Vai embora sem me deixar sequer um beijo de lembrança?

Charles olhou fundo em seus olhos. Como era repulsivo imaginar que seu pai a tocara! Era como se algo tivesse sido violado. Respondeu apenas:

— Minha dama, preciso ir. Não me sinto confortável.

Molly sorriu:

— Meu querido Charles... acalme-se. Para todos, sou mero produto, uma conveniência. Por que não reconsidera e se junta a mim na cama?

— Não posso, Molly. Não consigo. Não agora.

Molly transpareceu sua frustração e limitou-se a dizer:

— Respeito seu sentimento. Resta-me rezar para que seu desconforto ceda à vontade de me ver novamente...

Charles balançou a cabeça. Pôs a cartola. Cravou os olhos nela e replicou:

— Adeus.

— Até.

Ele se virou, abrindo e fechando a porta atrás de si. Desceu as escadas, entrou na carruagem e pôs-se na direção de sua casa. Conseguiria tirá-la de cena? Estaria administrando com sabedoria o que deveria ser apenas recreio físico? Qual era a saída? Já havia tido aventuras e deveria dar-se por satisfeito para seguir sua rotina, mantendo o foco sobre a cada vez mais cambaleante situação da indústria têxtil da época. Por que, por que ocupar tão larga fatia dos pensamentos com uma mulher perdida, vã e desrespeitosa? Molly não era mulher de ninguém. Nem mulher para ninguém!

Prometeu a si mesmo que jamais abordaria o assunto com seu pai novamente. Aliás, buscaria esquecer aquela tarde a todo custo. Que Molly fizesse de si o que quisesse, na companhia de quem quisesse. Ele não perderia o que lhe restava de equilíbrio por causa dela.

※

Katherine, por sua vez, aparentava estar mais satisfeita desde que ele passara a se dedicar mais ao próprio lar. Conversavam durante as refeições, ele tomava chá ao lado dela enquanto assistia ao balé de suas delicadas mãos fazendo crochê. Para Katherine, tudo estava em seu devido lugar. A vida se acomodava confortável e bela como os badulaques e penduricalhos que enfeitavam a casa. Sentia-se uma mulher de imensa sorte quando vislumbrou o marido chegar em casa, dono de tão belos olhos, com a barba bem aparada e os cabelos ondulados. Um cavalheiro, um príncipe descendo da carruagem. Observava-o através de uma das grandes janelas da sala e sorria por dentro.

Naquela noite, após a ceia familiar, Charles recolheu-se no escritório. Resolveu organizar-se, pois iria ao encontro do pai no dia seguinte. Charles acreditava que deveriam se desfazer de uma das fábricas. Era a mais antiga, menor e transbordava problemas em sua estrutura. Sim, o lucro diminuiria em torno de vinte e cinco por cento ao mês, o que não era pouco. Contudo, o valor que ainda conseguiriam a partir da venda das problemáticas instalações propiciaria a chance de diversificar o capital. Talvez utilizariam-no em aplicações no exterior ou para financiar o crescimento industrial em outras partes do continente. Pareciam-lhe oportunidades promissoras de investimento, considerando o alastramento da indústria química, sobretudo a alemã. Estava muito claro para o filho mais velho de Paul que o momento era de escolha, de mudanças e de adaptações econômicas. E tentaria convencer o pai daquela realidade.

Arrumava papéis e anotações, buscando não pensar em Molly. Porém, tentar esquecer e lembrar são atitudes irmãs. E, de tão instável que estava sua mente, juntou aos papéis, sem perceber, a pasta negra em que guardava os versos sobre as memórias dos momentos que passara com Melinda.

VII

No dia seguinte, após um silencioso café da manhã, Charles prontamente seguiu ao encontro do pai. Estava decidido a convencê-lo a pôr seus planos em prática. Ao chegar, foi recebido pelo abraço da mãe, frágil e pálida. O pai o fitou e pôs-se a falar, com a naturalidade de quem não devia qualquer satisfação a ninguém:

— Bom, vamos ao jardim. Se tivermos que debater, que seja ao menos num ambiente mais agradável.

Charles acompanhou o pai. Mantinha-se concentrado. Havia ensaiado todos os argumentos e contra-argumentos. De fato, estava cansado de carregar a responsabilidade de gerir os negócios da família sem que pudesse aplicar as melhorias que considerava necessárias. Passaram quase toda a manhã a discutir, entre uma e outra xícara de chá. Charles expunha estatísticas, projeções, números. Paul não dispunha de muita paciência para analisar informações como aquelas; administrava pelo faro e pela intuição. A certa altura, dirigiu-se a Charles:

— Você está ciente dos riscos que corremos se nos desfizermos da fábrica, não é?

— Meu pai, sei dos riscos inerentes à venda. Assim como bem sei dos riscos que corremos insistindo em manter a fábrica. E prefiro a primeira opção.

— Você está preparado para enfrentar a revolta dos funcionários?

— Não há saída menos traumática. Infelizmente. A primeira fábrica tornou-se um elefante branco pesado demais para carregarmos. Quero muito continuar a seu lado, meu pai, mas somos só nós dois para guiar três grandes fábricas de um produto que já se expandiu tanto quanto podia. Agora devemos nos adaptar à retração do mercado. É normal que isso aconteça. O que nos resta é tentar diminuir os danos ao nosso patrimônio.

Paul fumava com exagero enquanto conversavam. Não lhe parecia boa ideia desfazer-se de qualquer parte que fosse do seu conglomerado. Mas já não tinha idade nem fôlego para abarcar tantas responsabilidades. E seu filho se mostrava a cada dia menos capaz de assumir tudo sozinho. Analisou todas as possíveis consequências, silenciou por longos minutos. Por fim, declarou:

— Você venceu, Charles. Terá meu apoio se realmente acredita ser a melhor ação a ser adotada.

— Confie em mim, meu pai. Infelizmente, para vencermos uma guerra, às vezes devemos entregar algumas posições ao inimigo. Pense nisso como estratégia de sobrevivência.

Levantou-se e começou a arrumar toda a papelada que havia trazido. Qual não foi sua surpresa ao ver, em cima da mesa, a pasta negra. Disfarçou o susto, organizou tudo e fez menção de retirar-se quando seu pai perguntou:

— Você não mostrou o que há nessa pasta.

Charles gaguejou.

— Bom, hã... Essa pasta contém apenas anotações minhas, cálculos que fiz para chegar às conclusões que expus ao senhor.

Trouxe por engano, no ímpeto de vir até aqui cercado de todas as informações necessárias. Não creio que deseje analisar os números desorganizados nesses papéis...

— De fato, não desejo. Leve seus números consigo — respondeu Paul, erguendo-se e retornando ao interior da residência.

Charles entrou mais que depressa na carruagem. "Para casa!", ordenou ao cocheiro. Estava nervoso pela sua indiscrição. Abriu a pasta negra, pegou um dos textos que havia escrito. Lia, enquanto a carruagem dava pequenos solavancos. Num impulso, falou para o cocheiro:

— Retorne. Leve-me ao cortiço.

O cocheiro sabia para onde deveria seguir. E assim o fez.

Lá chegando, logo veio à tona a lembrança do dia anterior. A visão de seu pai saindo pela porta da frente apressado. Hesitou por alguns segundos. Então, desceu e bateu à porta. Portava consigo os textos de Molly, por segurança. Desta vez, demoraram a abrir. Já eram onze horas da manhã e o comércio já abria as portas; a cidade já havia acordado. Estava quase desistindo quando ouviu o barulho das trancas da porta. Uma garota sonolenta apareceu:

— Bom dia, jovem. Perdoe-me chegar a essa hora da manhã, sem aviso... Molly já está de pé?

— Creio que sim, senhor. Não estou certa. Entre.

Charles entrou. Sentia o bafo quente de fumaça e bebida da noite anterior. Algumas garotas dormiam em colchões no canto da sala. Seminuas, os seios pendiam para fora das alças de algumas. Ouviu a moça bater à porta de Molly:

— Senhora? Senhora Molly? Charles O'Connor está aqui, irá recebê-lo?

— Humm... Mande-o subir — disse a voz preguiçosa no interior do quarto.

— Pode subir, senhor. Deseja tomar algo?

— Não, estou bem. Obrigado, minha jovem.

Charles subiu os degraus rangentes da escada, abriu a porta e encontrou Molly completamente nua e assanhada, de olhos fechados. Ele fechou a porta, deitou a pasta na mesinha e sentou-se na cadeira. Observou-a por alguns segundos. Deitada de bruços, ela expunha toda a brancura de suas nádegas; a pele lisa, perfeita, que lhe cobria as costas. Charles apenas contemplava, encantado. Quanta saudade sentira daquele corpo. Começou a despir-se, posicionando cada peça em cima da cadeira. Pegou a folha de papel que lia na carruagem e deitou-se ao lado dela. Ela dormia de boca aberta. Seu hálito cheirava a cigarro e a bebida, mas ele não o considerava desagradável. Talvez fosse pela insuportável vontade de beijar aqueles lábios com restos de batom. Encostou seus lábios nos dela. Ela gemeu, ainda de olhos fechados:

— Huumm...

— Bom dia, Madame.

— Huumm... Bom dia... Que horas são?

— Passa das onze.

— Você me acordou cedo...

Charles sorriu enquanto ela abriu os olhos e viu a silhueta do homem contra a luz da janela aberta. Notou que estava nu. Sorriu para ele, tomada pelo sono. Ele, por sua vez, voltou a beijá-la, com um pouco mais de vontade desta vez. Sabia que ela estava cansada e que praticamente ainda dormia. Mas nada disso importava. Virou-a para ele, deixando expostos o ventre, os seios, os pelos entre as pernas abertas. Ela espreguiçou-se e o abraçou. Tão logo seus corpos se tocaram, ela pôde perceber o quanto ele a desejava. Sentiu as mãos ansiosas de Charles passearem por seu corpo. Estava ainda com muito sono. E disse:

— Posso ficar quieta enquanto trabalha?

— Mas trouxe um escrito para você. Gostaria que o lesse.

Molly abriu os olhos. Ele entregou-lhe a folha de papel um pouco amassada, suscitando sua dúvida:

— O que é isso?

— Algumas palavras que escrevi pensando na senhora...

Charles deitou-se sobre ela. Beijava-lhe o pescoço, o colo, os seios, o ventre. Com dificuldade, Molly começou a ler o que estava escrito no papel. Sorriu ao indagar:

— Escreveu isso pensando em mim?

— Sim, minha dama.

— É um pervertido! — exclamou ela, sorrindo.

— Poderia ler para mim? — pediu ele, beijando-a. Ela sorriu e começou a ler em voz alta:

"Minha bela flor impudica. Como é intolerável a distância..."

Charles a penetrara. Molly deixou escapar um gemido e beijou-o acesa e avidamente. Segurava o papel com uma das mãos e apertava-o contra o belo rosto do homem que a possuía. Ouviu-o pedir:

— Continue lendo, por favor...

Com a voz titubeante, entrecortada pelos gemidos cada vez mais furiosos, prosseguiu:

"... de seu cheiro. De seu corpo. Da maciez envolvente de suas entranhas. Ah, minha prostituta adorada, minha devassa devassada..."

Molly virava o rosto, debatendo-se contra o travesseiro. Charles a apunhalava com mais vigor à medida que sussurrava ao pé do ouvido:

— Leia... Leia...

— Não... consigo... – gemia ela.

— Por favor... Quero te ouvir enquanto te trago...

O papel batia nos ombros ondulantes de Charles. A impaciência apossou-se dela:

— Ah, meu querido... Sou toda sua...

— Leia... Leia para mim... – a voz dele soou sôfrega e excitada.

"... dona de tão imperiosa parte dos meus pensamentos mais aflitos..."

"... quero-te tanto! Deitar sobre teu corpo é..."

"... mergulhar no mais cristalino mar azul. É me deixar..."

Os movimentos de Charles tornaram-se mais profundos e decididos. Molly se remexia por baixo dele.

"... me deixar levar... por brancas nuvens... pelo frescor de uma tarde de verão..."

Sua voz falhava e ela lançou-se a arranhar as costas suadas dele. Espalmava as mãos em sua bunda firme, querendo engoli-lo por inteiro entre as pernas.

"... ah, minha dama gloriosa! Como desejo sentir seus cabelos sobre meu peito..."

"... quando estiveres a cavalgar os vastos campos de meu corpo..."

"... quero..."

"... quero que sofra... que arda... que doa em vossa carne como na minha agora mesmo..."

Charles se descontrolara. Passara a meter com violência, puxava-lhe os cabelos, mordia-lhe as orelhas e o pescoço. Causava agonia: a mais pura e prazerosa delas. Ouvir a voz trêmula de Molly, interrompida por seus gemidos, era uma deleitosa tortura.

"... minha... minha... entre lençóis desgastados..."

– Continue... Por favor, continue...

"... quero irrigar-te com a seiva que acumulo..."
"... dentro de mim..."
"... para ti."

Molly amassou o papel e agarrou-se ao corpo de Charles, involuntariamente impelida pelas contrações que a arrebatavam naquele momento e que o comprimiam, fazendo com que ele próprio transbordasse, aflito, dentro dela. Um orgasmo excruciante, como nunca experimentado antes por nenhum deles. Suados e trêmulos, estacionaram os dois corpos na mesma posição, um sobre o outro, aguardando a furiosa tempestade dar lugar à paz serena que se seguia a esses momentos formidáveis.

Algum tempo depois, ainda nus, estavam sentados na cama, degustando com tranquilidade algumas ameixas e uvas. Charles observava a fome de Molly, a forma como deixava as suculentas ameixas molharem sua boca e lençóis. Era fascinante. Uma fêmea verdadeira, sem cerimônia nem arrodeio. Apreciava-a tão deslumbrado que provocou-lhe um sorriso e, em seguida, uma pergunta:

— O que houve, O'Connor?

— Estava lhe admirando.

— Admirando minha deselegância ao comer?

— Não há que ser elegante quando se come uma ameixa nua na cama; há que ser exatamente como você é.

Molly sorriu em resposta. Sentia-se bem com Charles. À vontade, confortável. Questionou-se quanto à possibilidade de se, caso Albie fosse como ele, ela ainda teria fugido do casamento. Não soube responder. Charles baixou os olhos, respirou fundo e tornou-se sério de repente:

— Molly... gostaria de lhe fazer um pedido... um favor, na verdade. Mas antes você deve saber que entenderei caso não possa conceder-me meu desejo.

— Fale, *monsieur*.

— Gostaria de pedir-lhe... que... — Charles sentia-se constrangido e ao mesmo tempo temeroso de ouvir um provável "não". Molly permanecia atenta às palavras dele, que continuou: — Bem... Quero pedir que não deite mais com meu pai.

Ela mordia uma terceira ameixa. Desviou o olhar, devolveu a fruta à cesta, ergueu-se e postou-se, nua e pensativa, em frente ao velho espelho. Charles esperou alguns segundos antes de dar vazão à curiosidade:

— O que tem a dizer, minha dama?

Ainda de costas, observando a luz que entrava pela janela, ela perguntou:

— Você tem irmãos?

— Sim. Uma jovem e um rapaz mais novos que eu. Por que pergunta?

— Tem tios, primos?

— Sim, tenho. Onde pretende chegar com essas perguntas?

Ela voltou-se para ele com um ar de preocupação na face.

— Charlie... Eu não gosto de transformar minhas escolhas para obedecer solicitações de homem algum. Este é o meu trabalho, minha vida...

— Entendo, senhora. Estou disposto a pagar pelo seu tempo, até o dobro.

— Se você tivesse que pagar, já teria seu dinheiro comigo — replicou, enfática.

— Então...

Molly sentou-se ao lado dele na cama e encarou-o, séria. Por fim, disse:

— Charles, como disse, não concedo favores. Portanto, deve estar consciente do quão especial você é para que eu conceda o seu pedido.

— A resposta é sim? É um sim?

— Se prometer não me fazer qualquer outro pedido dessa natureza... sim. Não me deitarei mais com o seu pai.

Charles abriu um largo sorriso e, abraçando-a, exclamou:

— Oh, como me deixa feliz, minha bela senhora. Feliz e aliviado!

Molly desembaraçou-se dele para lembrá-lo:

— Mas você deve ter em mente que o acaso pode trazer outros homens que sejam seus conhecidos, mesmo outros parentes até aqui. E serão por mim recebidos e atendidos se assim desejarem. Compreende?

— Sim. Compreendo — respondeu Charles, baixando o rosto com resignação.

– Então está feito.

Charles apenas a fitou por alguns segundos, pedindo intimamente aos deuses que nenhum homem conhecido ou mesmo colega seu sonhasse com a existência de Molly. Por fim, beijou-a com delicadeza. Um beijo adocicado e suave. Levantou-se, vestiu-se e, pegando a folha amassada e umedecida pelo suor de ambos, dirigiu-se à moça:

– Quero que fique com esse escrito.

– Será um prazer! Claro que ficarei, senti-me honrada com suas palavras.

O belo homem deixou o papel sobre a mesa e, tomando a pasta nas mãos, acenou para Molly, que já se deitava novamente:

– Até, minha dama.

– Até... – disse-lhe, sorrindo, enquanto assistia à porta sendo fechada e ouvia os passos na escada.

Charles saía do cortiço por volta de uma da tarde. O sol estava alto no céu e as ruas movimentadas pelo comércio, pelos pedintes, pelos nativos da mais rica cidade do mundo. Embarcou na carruagem, encostando-se e largando relaxadamente a pasta a seu lado. Fechou os olhos tomado pela mansidão, enquanto trotava de volta para casa. Pensando na mulher que deixara nua na cama, não percebeu a pasta escorregar aberta pelo canto direito da carruagem, nem viu suas folhas voando, uma a uma, suavemente, pelas ruas inglesas.

VIII

Uma senhora enrugada pega do chão uma folha de papel um tanto amarrotada. Não lhe parece mais um dos fragmentos de lixo que abarrotam as ruas da cidade. Pouco mais à frente, duas moças apanham, preso nuns galhos, um escrito que o vento ameaçava transportar sabe-se lá para onde. O gesto é repetido pelos mais diversos transeuntes durante toda a tarde até a chegada da noite: um garoto maltrapilho brincando na rua, um policial durante a ronda rotineira, três operários no retorno às suas pobres residências ao escurecer, a criada de uma família esnobe na volta de mais um dia de trabalho, uma adolescente que passeia com as primas no fim de tarde. Não era comum a visão de um delicado balé de folhas de papel soltas ao vento ali. E a carruagem que as distribuiu atravessara a cidade, expondo trechos e mais trechos da lubricidade de alguém. As reações variavam: os textos ofendiam alguns; divertiam outros. Estimulavam a curiosidade nuns; a libido noutros. Afinal, que palavras eram aquelas? De onde vinham? Quem as havia escrito? Alguns afirmavam ter visto um veículo negro trotando em disparada enquanto despejava as folhas ao léu. Certo é que nenhum dos agraciados se desfez dos escritos resgatados do chão, do mato, e até da lama. Dormiam os textos com alguém, n'algum lugar. E aqueles que não dominavam a arte da leitura logo buscariam o auxílio de alguém que lhes traduzisse aquelas palavras.

<hr />

Já muito perto de casa, Charles percebeu por acaso a pasta negra aberta escorregando para fora da carruagem. Puxou-a mais que depressa, mas já era tarde: nada restara dos escritos. Perdera-os todos. Proferiu uma expressão suja, enquanto imaginava onde poderiam ter caído os papéis. Suas lembranças de Molly, onde estavam? Enervou-se de imediato ao saber que sua intimidade se espalhara por completo. "Graça divina não ter assinado nenhum deles...", ponderou em sua mente. Desceu da carruagem como se não houvesse mundo lá fora, a testa franzida enquanto tentava lembrar se citara o nome de Molly em algum dos papéis.

— Enfim chegou, Charles! Estava preocupada. Saiu cedo daqui. — Katherine despertou o marido do seu embrulho mental. Percebendo a expressão confusa de Charles, perguntou: — Está tudo bem?

— Sim... Sim, está, querida. Estou apenas um pouco exausto, não foi um diálogo dos mais fáceis... — referindo-se ao encontro que tivera mais cedo com o pai.

— Ao menos chegaram a algum acordo?

Enquanto caminhava um tanto sem rumo dentro da própria residência, Charles respondeu:

— Oh, sim! Finalmente! Convenci meu pai a pôr a primeira fábrica à venda.

— Vender? Charles, será esta uma boa ideia?

— Já não é mais questão de boa ou má ideia, Kate. É uma questão de sobrevivência, de continuidade. A produção diminuirá e os lucros também... Mas, ao mesmo tempo, meu pai terá capital livre para investir ou saldar dívidas. Onde estão os garotos?

— Foram levados à casa de sua mãe, a pedido dela.

Charles olhou para Katherine, assustado. A jovem esposa manteve-se impávida junto à mesa central da sala, encostada numa das cadeiras curvilíneas que compunham o conjunto.

— Como foram até lá?

— Vieram buscá-los por volta das 11h30, nesta manhã.

Eram quase duas horas da tarde. Enquanto dirigia-se para o quarto, ele resolveu dizer apenas:

— Ótimo! Ao menos teremos uma tarde de descanso...

— E sua refeição? – perguntou Katherine, referindo-se ao almoço.

— Não tenho fome, querida. Obrigado.

Fechou a porta, isolando-se do olhar desconfiado e aturdido de Katherine. Além de espalhar os textos de Molly pelas ruas, sabia que deixara a esposa intrigada. Precisava se acalmar. E pensar.

⁂

Molly, por sua vez, recebia uma nova visita. Mais um nobre senhor bem alinhado. Identificou-se como Harry Cooper. Ele subiu as escadas, abriu a porta do quarto, viu-a de costas, que terminava de forrar a velha cama. O novo cliente gostara do que via: cabelos castanhos compridos, cintura bem marcada, alta.

— Boa tarde, Madame.

Molly virou-se para respondê-lo. Porém, nenhum som saiu de sua boca, tamanho o choque que tomara ao ver, à sua frente, em seu próprio quarto, Albert Miller. Encararam-se por longos segundos, ambos perplexos. Albie, aparvalhado, fechou a porta atrás de si:

— Melinda?

— O que faz aqui, Albie? — Molly tremia num misto de ódio, nojo, medo e confusão. E, acima de tudo, de susto!

— Então você é a tal Molly de que tanto falam... — disse ele, com um sorriso sarcástico no rosto.

Tinha nas mãos uma maravilhosa oportunidade de vingar-se da extrema humilhação causada pelo abandono. E não iria desperdiçá-la.

Molly permanecia estática, ao lado da cama. Por fim, sua voz trêmula perguntou:

— O que faz aqui, Albert? Sabe que jamais o receberia em minha residência.

— Residência? — sorriu ele, olhando à sua volta com desprezo. E continuou a falar, enquanto tirava o chapéu e as luvas: — Isso é um ninho de ratos!

— E, no entanto, você está aqui.

— Por isso forneci um nome fictício à sua matilha.

— Saia já deste quarto, Albert. Não suporto sequer estar no mesmo ambiente que você!

— Não sairei, minha jovem. Grandes expectativas me trouxeram até aqui.

— Jamais me deitarei com você, seu velho porco imundo!

— Deitará sim, minha querida. Deitará porque pagarei por isso. Deitará porque não perderei a chance de fazê-la engolir toda a humilhação que me fez passar. Deitará porque, se assim não fizer, sairei por esta porta e comunicarei a seu pai e a todos os que tiveram o desprazer de conhecê-la onde mora e o que faz! Todos saberão que Melinda Scott Williams abandonou uma vida respeitável e digna para ser uma mulher de vida fácil num cortiço!

Molly pensou na ironia da expressão "mulher de vida fácil". Então aquilo era uma vida fácil?

— Não se sinta tão acima do bem e do mal, velho Albie. Sei que casou recentemente com a estúpida da minha irmã. Não seria difícil destruir sua impecável imagem de homem bem-sucedido e bem-casado. Não deitarei com o esposo de minha própria irmã, em especial tratando-se de você!

Albert falava com uma calma sórdida enquanto despia-se:

— Como você irá provar, cobra infeliz, que estive aqui e pus as mãos em você? Qual de nós goza de mais credibilidade?

Molly observava o velho despir-se e deitar-se em sua cama, sem conseguir dizer uma palavra. O asco que sentia daquele homem era muito mais forte que a própria vontade de gritar de raiva. Sentia extrema repugnância por aquele corpo balofo, com a pele branca enrugada e flácida. Não via outra saída senão ceder aos caprichos do velho ali deitado. Resolveu, então, cobrar o triplo do valor costumeiro. Adiantado.

— Que seja — respondeu ele. Levantou-se, buscou em seu casaco um pequeno saco de veludo e, abrindo-o, deixou cair várias moedas no chão. O som irritante do dinheiro jogado com desdém. Sem dúvida, ele pagaria até mais do que o estipulado por ela e o faria da forma mais humilhante possível. Assim, tornou a estirar-se na cama, dizendo:

— Agora é sua vez de mostrar que merece cada moeda espalhada nesse seu pobre chão, desse seu pobre quarto.

A cólera que fervia o sangue de Molly naquele momento seria suficiente para matá-lo, se tivesse coragem de fazê-lo. Mas sabia que destruí-lo seria o mesmo que destruir a si mesma e as meninas que dependiam daquele lugar para sobreviver. Resignou-se e decidiu fazer com que aquele momento terminasse. Rápido. Albert observava Molly despindo-se sem delicadeza ou feminilidade, absolutamente contrariada. Mas para ele, quanto pior pudesse fazê-la se sentir, tanto melhor. Deitou-se e negou-se a beijá-lo, mas ele a forçou a aceitar sua língua e seus lábios finos, quase totalmente cobertos pelo farto bigode que o tempo esbranquiçara. Podia sentir o peso da barriga bojuda de Albert contra suas ancas, o hálito em seu pescoço. Não sentia dor. O velho se mexia devagar dentro dela. Para ela, era um tormento que não parecia ter fim. A cada estocada, comprimia seus olhos como se repelisse a sensação, como se tentasse não estar ali. Aquele era, sem dúvida, um dos piores momentos da sua vida. Quis chorar mas segurou-se, pois não daria mais esse prazer a Albert. Movendo-se sobre ela, Albert mais parecia um parasita, uma sanguessuga usurpando-lhe a juventude. Até que ela ouviu um urro débil. Albie, resfolegante, jogou o corpo ao lado do dela. "Seria a glória se um mal súbito o acometesse agora mesmo...", pensou Molly. Afastou-se dele, alcançou qualquer parte do lençol que cobria sua cama e secou a região entre as pernas. Não poderia banhar-se, pelo menos não de imediato. Só conseguiria água para se lavar quase à noite. Ao levantar-se e pôr suas vestes, ouviu a voz do moribundo:

— O que está fazendo? Ainda não terminei com você.

— Mas eu já terminei com você, Albert. Agora saia do meu quarto, por favor.

Molly estava em pé, terminando de pôr o vestido e já se movia em direção à porta.

— Escute-me bem, sua cadela desprezível: você fará o que eu disser, ou farei com que venham arrastá-la pelos cabelos daqui por prostituição!

Molly apoiou uma das mãos na porta e abaixou a cabeça. Derrotada, respirou fundo:

– O que você quer, Albert? Não foi o suficiente?

– Quero que me beije intimamente.

Molly sentiu ânsia de vômito. Voltada de costas, perguntou:

– Se o fizer, você promete sair deste quarto? Por favor, Albert! Eu suplico!

Albie sentia imensa satisfação ao ouvi-la implorar. Como já estava cansado, respondeu:

– Sim. Sairei.

Molly veio até ele, ajoelhando-se em frente à cama. Segurou o membro velho, flácido e pálido e o pôs na boca. Prendia a respiração enquanto movimentava o rosto. Não havia qualquer sinal de ereção e ela sabia que aquele pedido servira apenas para aviltá-la. Após longos e tortuosos minutos, Albert deu-se por satisfeito. Levantando-se enquanto a deixava ainda ajoelhada, falou:

– Devo reconhecer que é rameira das boas.

Albert começou a se vestir. Molly permanecia sentada ao pé da cama, observando as diversas moedas espalhadas pelo quarto. Sentia-se doente. Deprimida. Sufocada por uma terrível vontade de sumir da cidade, do país, da vida. Pela primeira vez, viu-se abatida e covarde. Seria difícil se recuperar daquela tarde medonha e triste. Por fim, após se recompor, o velho desferiu um último golpe ao sair:

– Até breve, Melinda.

Ao ouvir a porta fechar, Molly deitou-se no chão duro e frio e chorou copiosamente. Soluçava como uma criança sem esperança, à procura de algo que nem sabia ao certo o que era. Contorcia-se de dor. A dor de uma alma violentada, despedaçada. De modo involuntário, pensou em Charles. Charles, Charles... Onde estaria agora? A visão do seu belo rosto a confortava. Ansiava por seu abraço, por sua presença, pelo aroma amadeirado de sua barba. Seu corpo se debateu por longos minutos. Após despejar um mar de lágrimas, sentou-se. O que sentia, além da mais profunda raiva e desalento, era aflição. Levantou, pegou um xale marrom pendurado atrás da porta, desceu as escadas e tomou as ruas. Ouviu as meninas chamando-a ao sair. Não respondeu. Saiu às pressas ao encontro de Charles, a única pessoa que poderia trazer algum consolo até ela. Ainda chorava, e logo enxugava as lágrimas, corria, andava, voltava a correr. Nem sentia a ventania gélida atravessar seu corpo e esvoaçar seu vestido. Passava por casas, tavernas, outros cortiços, lama, esgoto, feirantes e mercadores de todos os tipos. Cavalos, porcos e cães rabugentos atravessavam seu caminho. Trombou em algumas pessoas que lhe devolveram o gesto com xingamentos. Suas sandálias impregnaram-se de lama, poeira, água parada das poças fétidas nas ruas. Não raciocinava, apenas andava a passos largos e decididos, rua após rua, beco após beco, desesperada. Até que foi parada por um cabriolé apressado que ameaçou derrubá-la e atropelá-la. Suada e ofegante, olhou para os lados. Viu uma pequena igreja, mercadores recolhendo seus produtos, a tarde começando a se despedir. Encostou-se na parede de uma lojinha de roupas usadas. Respirou fundo e refletiu mais uma vez: onde encontraria Charles? Não tinha ideia de onde morava, mas sabia que devia ser longe. E o que diria? Por que, para que procurar por ele? Charles era rico e casado, de que interessava para ele seus dramas pessoais? Viviam em mundos opostos, incompatíveis. Molly continuava no bairro em que morava. Andara cerca de cinco quilômetros à toa. Caminhara tanto para sequer sair do lugar. O cansaço venceu-a. Decidiu voltar. O frio aumentava e logo teria muito trabalho a fazer.

Foi recebida pela curiosidade das outras garotas:

– Dona Molly, o que houve?

– A senhora saiu aflita! Aconteceu alguma coisa?

– Ficamos preocupadas!

Molly trancou a porta. Encarou-as e perguntou:

– Quem recebeu meu último cliente?

– Fui eu, senhora – respondeu uma moça de olhos arregalados, chamada Jane.

– Pois prestem muita atenção no que direi a vocês: se este homem voltar, ele não pode entrar aqui. Entenderam bem?

As meninas se entreolhavam. Não, não entendiam bem. Molly continuou:

– Ele pode fornecer outros nomes, como fez hoje. Ele não se chama Harry Cooper. E se ele vier a perguntar por mim, digam que morri! Que abortei e fui vítima de hemorragia letal.

– Mas senhora... como iremos reconhecê-lo? Nem todas o vimos...

– Jane explicará como ele é.

– Mas tantos clientes possuem características parecidas com...

– Então a partir de hoje Jane é a única autorizada a abrir esta porta! Quando Jane não estiver, ninguém atende, ninguém entra! – disse, aos gritos. Estava fora de si.

– Senhora, precisa se acalmar. Não quer nos contar o que aconteceu?

– Não quero contar o que aconteceu, não quero falar sobre isso enquanto viver! Apenas quero estar segura de que aquele verme não atravessará mais a porta deste prostíbulo! A pessoa que deixá-lo entrar será enxotada dessa casa como um gato sarnento!

Todas as garotas olhavam assustadas para Molly. Não entendiam o quê, mas sabiam que algo grave a levara a tomar aquela decisão sem cabimento. Deixaram Molly subir ao quarto sem fazer mais perguntas.

– E agora? Como faremos? – perguntou Sophie às colegas. Jane respondeu:

– Deixemos o tempo passar um pouco. Molly está visivelmente alterada, algo de muito sério deve ter acontecido. Daqui a alguns dias encontraremos outra solução para o problema. Sophie, leve um pouco de água lá para cima. Ela há de querer banhar-se logo. E quanto a nós, devemos nos preparar. A noite já chega e, com ela, os clientes.

Dispersaram-se.

IX

Naquela noite, assim como nos dias que se seguiram, Molly permaneceu à espreita. Observava, inquieta, o movimento através da janela. Vigilante na própria casa. E sempre que recebia um operário, ou capataz, ou qualquer homem trabalhador assalariado, questionava-os sobre o trabalho. "Como se chama seu patrão?" era a pergunta recorrente. Buscava obter alguma informação que a levasse a Charles. Ela sabia que ele voltaria. Vinha regularmente até ela. Mas se visitava o cortiço duas vezes numa só semana, noutras não dava as caras. A prostituta não sabia o que imperava dentro de si: se o receio de que Albie retornasse ou a vontade crescente de estar com Charles. Por dias amargou a saudade e a angústia, sentimentos aos quais não estava tão acostumada. A saudade lhe era incômoda. Não gostava de experimentá-la. Mas pouco fez para deixar de senti-la.

A mesma saudade era compartilhada pelo seu amante favorito. O elegante empresário esforçou-se para manter distância por dias a fio, tentando afastar de Katherine as desconfianças já presentes. Empenhou-se nos afagos, cedeu atenção redobrada às palavras da esposa. Comprou-lhe saiotes e joias. Mas sua alma e devaneios voavam longe.

Iniciara o processo de venda da fábrica e quase diariamente reunia-se com advogados, potenciais compradores e o próprio pai. O velho Paul também consultara amigos banqueiros para ter certeza de que não cometeria nenhum grave erro. Charles estava abarrotado de responsabilidades, compromissos, providências. Porém, todas as noites, perguntava-se se veria Molly no dia seguinte. E todas as manhãs, imaginava se Molly já tomara café, se já se banhara, quantos haviam deitado com ela na noite anterior. Temia que alguém a satisfizesse ou que o tempo levasse até ela o desinteresse. Sabia que sempre poderia pagar para tê-la. Mas jamais poderia pagar para tê-la como sabia que já a tinha. O dinheiro garantir-lhe-ia o prazer e nada além disso.

Charles também desistira de escrever após o incidente no qual perdera todos os seus textos íntimos. E, de todo modo, a escrita já não produzia nele o mesmo efeito paliativo.

Foi durante um almoço que Katherine perguntou:

– Suas roupas não ficaram prontas?

– Roupas? A que está se referindo?

– Você visitou um alfaiate semanas atrás, está lembrado?

Charles recordou a mentira que inventara no dia que conhecera Molly.

– Kate, você está certa! Esqueci-me por completo. Hoje mesmo irei verificar se estão prontas.

Euforia imediata! Voltaria enfim aos braços de Molly. Difícil conter-se e tão logo findou a refeição, arrumou-se e saiu. Compraria alguns casacos na volta.

Molly fumava recostada na janela quando viu uma carruagem negra se aproximando, que parou em frente ao prostíbulo. Observava-a, apreensiva. Explodiu de alegria ao ver Charles desembarcando. Correu escada abaixo e abraçou-o com força:

— Finalmente! Que bom que está aqui!

— Minha dama, quase morri de saudades!

— Por que demorou tanto? Precisava vê-lo, estava em desespero! – disse, as lágrimas escorrendo por sua face.

— Molly, minha querida, o que há?

Molly desfez-se do amante e cobriu o rosto com as mãos. Enxugou as lágrimas. Percebeu que todas as meninas, sem exceção, observavam atentas num canto o reencontro feliz. Constrangida, Molly dirigiu-se a Charles:

— Conversemos lá em cima.

Subiram as escadas de mãos dadas. As meninas ouviram a porta sendo fechada e trancada antes de voltarem aos seus afazeres.

— O que houve, Molly?

A prostituta não respondeu. Despia-se enquanto o beijava com sofreguidão. Gemia em sua boca, abria-lhe o casaco, quase lhe rasgara a camisa. Sequer tirou por inteiro o vestido. A ânsia não permitiu. Sentada sobre ele, seus quadris moviam-se, impetuosos. Agarrava-se a qualquer parte de seu corpo branco, colava as pernas em sua cintura. A fome da mulher deixava-o atônito! Molly era um lago ressecado. Charles, as primeiras gotas de chuva. O movimento frenético de seus corpos mais lembrava uma peleja entre inimigos mortais. Foram ao chão duro e frio. E apenas ali, após agonizarem por longos minutos, separaram-se por um breve momento, exaustos.

— Que doce alívio... — suspirou Molly.

O homem sorriu, satisfeito. Feliz. Molly entregara-se como nunca e isso o fez sentir-se afortunado. Olhou para ela, que mantinha os olhos fechados. Perguntou:

— Molly... o que aconteceu? O que te aflige?

Ela abriu os olhos. No mesmo instante, uma expressão triste tomou conta de seu rosto corado.

— Não estou certa se quero falar sobre isso, Charles...

— Por favor. Precisa me dizer!

Silêncio. Charles levantou-se, estendeu a mão para que ela levantasse. Sentaram juntos na cama, com as faces bem próximas. Ela o encarou e disse:

— É que... Recebi um cliente há alguns dias... Na tarde da última vez que você esteve aqui...

Olhava para as próprias mãos. Charles segurou-as.

— Sim?

— Senti-me mal como jamais antes.

— Por quê? Ele te fez algum mal? Te violentou? — Charles estava ansioso. Molly falava baixo, entre pausas insistentes.

— Mais ou menos... — Ela o encarou, seus olhos estavam marejados. Pôs-se de pé subitamente, apoiando as mãos nos quadris. Não sabia se contava a verdade para Charles. Confiava nele às cegas, já que não o conhecia fora da cama. Por fim, cedeu: — O homem que veio até aqui é meu ex-pretendente. É um velho rico e rabugento que desejava casar-se comigo, mas fugi a tempo. Casou-se com minha irmã. Esteve aqui e chantageou-me... Me forçou a deitar com ele... — a voz de Molly começava a ficar distorcida, enquanto Charles a olhava assustado com o que ouvia. Precisou de alguns segundos para dizer:

— Molly... você é a filha de Patrick? Patrick Williams?

Molly o encarou, aterrorizada.

— Você era a prometida de Albie... Foi você a moça que fugiu. Por isso pediu-me para não revelar o seu nome...

Charles levantara e andava de um lado para o outro, absorto naquela revelação.

— Como sabe disso?

— Eu estava presente ao casamento de Albert! Meu pai o conhece como se conhecem muitos empresários nessa cidade. Meu Deus, então você abriu mão de uma vida decente e honrada por isso? — disse incrédulo, num gesto que abarcava todo o quarto.

— Foi minha escolha, Charles.

— Mas por quê? Por quê?

— Porque nunca quis depender de ninguém! Nunca quis ser reconhecida como um ser humano só por ser casada com um velho rico! Queria minha vida do meu jeito, fosse como fosse! Não me enquadrava no luxo, em regras, limites, adornos...

— Mas prostituição, Molly? Como você pode esperar que eu creia que deixar vários homens invadirem seu corpo é mais reconfortante?

— Não espero que creia em nada! — Molly elevava a voz.

— Ah, meu bom Senhor Jesus Cristo... Por isso sempre foi tão bem-informada, tão intelectualmente bem-dotada... — Charles se sentia decepcionado. Aquela poderia ter sido uma mulher para ele.

Molly permanecia de pé, apenas observando Charles andar de um lado para o outro repetidas vezes. Até que ele parou e perguntou, olhando fundo em seus olhos:

— E se eu lhe cedesse um emprego?

— Como assim?

— Eu contrataria você. Pagar-lhe-ia um bom salário, mais do que a qualquer mulher que conheça.

— Ser sua empregada? – riu, sarcástica.

— Não minha empregada. É um trabalho, Molly. E um trabalho digno!

— Perdoe-me, senhor, mas não permitirei que alguém que trai a própria esposa insinue que sou indigna!

Charles emudeceu. E Molly partiu para o ataque:

— Eu não roubo de ninguém! Eu não peço nada a ninguém! Tenho nada menos do que aquilo que mereço pelo meu trabalho! E, sim, é um trabalho! Sou comprometida com ele, com esta casa, com as meninas lá embaixo. É o meu trabalho, e o realizo com a dedicação que duvido que uma de suas operárias possua.

Molly tremia de raiva. Ofegava. Calou-se, baixou a cabeça. Charles insistiu:

— Eu compro uma casa para você, Molly.

— Que asneira é essa, Charlie?

— Compro uma residência, num bairro tranquilo. Abro um escritório para mim apenas para empregá-la. Você deixa essa casa para as outras jovens, já que tanto se preocupa com elas. E nunca mais terá que receber em seu corpo homem nenhum além de mim.

— Charles, você ensurdeceu? Pois acabei de lhe dizer que escolhi isto! Não vou aceitar sua oferta pela mesma razão que não aceitei me casar com aquela lástima! O meu caminho traço eu! Se você está aqui neste recinto é porque eu quis desta forma! Eu permiti. Sou pouco, tenho menos ainda. Mas me pertenço!

Charles cruzou os braços, encarando-a, desafiador:

— É no mínimo irônico que, mesmo sendo tão dona de si, Albert tenha conseguido obrigá-la ao coito... Como se, no fim das contas, você não fosse tão livre como gosta de acreditar.

Molly desabou outra vez. Deixou-se cair na cama aos prantos. Porque, no fundo, Charles tinha alguma razão. E agora se via refém de um homem que ela abominava, esposo da própria irmã. Charles sentou-se ao seu lado, afagou seus longos cabelos, abraçou-a. Também ele se sentia extremamente ofendido com o fato de Albert a ter possuído. A bem da verdade, ele sentia fermentar em si a ira contra qualquer outro homem que a tocasse. Aguardou alguns minutos até que seu pranto abrandasse, enxugou dela algumas lágrimas e voltou a pedir:

— Molly... por favor, aceite o que ofereço. Você não vê de quanto sofrimento posso te poupar?

— Charles, eu não posso aceitar. Como você pode sugerir sustentar duas mulheres? Como pode acreditar que isso não me traria sofrimento? Sofreria por depender de você, sofreria por... — resolveu calar, pois não sabia ao certo o que dizer. Charles deitou nas mãos a própria cabeça, contrariado. Voltou a insistir, com mais ênfase:

— Molly, você não tem o direito de recusar o que estou oferecendo enquanto existem tantas mulheres miseráveis e abandonadas nesta cidade! Você tem orgulhosamente o próprio dinheiro, mas obtido a que custo? Esses homens que entram em seu quarto e invadem seu corpo deixam em você as moléstias que trazem consigo e levam embora um pouco da sua dignidade!

— Mais uma vez você vem me falar em dignidade! Então sou indigna? O que faz você na casa de uma mulher indigna, Charles? — esbravejou Molly.

— Não intencionei dizer isso...

— E ainda assim foi exatamente o que disse! Não irei aceitar sua proposta, isso é definitivo. E, se me acha indigna, não precisa voltar! Essa é a mulher que sou. Não te obrigo a entrar neste antro, mas, uma vez que o faça, tenha respeito por mim! — disse Molly, dirigindo-se à porta, abrindo-a e convidando-o a se retirar.

— Está me expulsando? — perguntou, entre incrédulo e ofendido.

— Por favor, retire-se.

Molly tinha o rosto vermelho. De choro e de raiva. Desejava daquele homem o carinho, o amparo. Mas não suportava se sentir pressionada, buscava justamente o contrário.

Charles levantou e vestiu-se. Seus gestos eram bruscos, agressivos. Ao sair, disse, olhando fixo nos olhos castanhos da mulher:

— Você é a mais orgulhosa e tola das mulheres que conheci. Se não estivesse tão aborrecido, seria capaz de sentir pena de você!

Molly bateu a porta do quarto. Ouviu seus passos na escada. Viu pela janela o homem trotando em seu veículo negro, indo embora. O choro tentava borbulhar pelo seu rosto como vômito sendo expulso do estômago, mas ela fingiu-se de forte. Charles era um bom homem. O melhor que ela havia conhecido até então. Mas mesmo ele não merecia tê-la subjugada às próprias vontades, regras e limites.

Manter-se livre podia ser mesmo algo muito doloroso.

Charles saiu do cortiço prometendo a si mesmo que aquele havia sido seu último encontro com a prostituta. Chegara a hora do fim. Do esquecimento. Do seguir adiante e virar a página. Achou até bom ter perdido os escritos que havia redigido para ela, afinal.

X

Dias e dias se passaram lentos e penosos. Charles buscava a todo custo não pensar na morena de olhos castanhos e cabelos emaranhados. Buscava de todas as formas imagináveis não ceder à terrível vontade de vê-la novamente, que resultou em uma agonia sufocante e ininterrupta. Tornara-se lento e silencioso. Apagara-se. Katherine percebera a mudança no comportamento do marido e tentara, sem sucesso, arrancar dele alguma informação que a fizesse entender o que se passava. Mas, para a jovem esposa, restava apenas a dúvida e a saudade. Charles a evitava. Passava horas trancado em sua sala particular, quando não saía para se encontrar com o pai. Os chás, os divertimentos, o lazer. Tudo se arrastava com um peso infindável . Katherine tornou-se esposa ansiosa, mãe impaciente, patroa exigente. A todo instante se sentia incomodada e triste, raivosa e inquieta. Assim, era de se esperar a reação agressiva que teve ao flagrar a criada dobrando um papel e guardando-o no bolso do avental, nervosamente, ao perceber a presença de Katherine na cozinha:

— O que esconde aí, Lisa?

— Nada, senhora. É apenas um texto que me foi dado por uma vizinha.

— Texto?

— É, senhora. Um poema...

— E por que tanta aflição?

— Eu, senhora? Não, estava apenas distraída. Perdão, voltarei ao trabalho...

— Dê-me aqui este papel, Lisa.

— Mas, senhora... Não é nada...

— Então me entregue e provará que não é nada.

A pobre criada tremia e suava. Tirou o papel dobrado e amassado, entregando-o à patroa:

— Senhora... Por favor, perdoe-me. Uma vizinha me deu este poema para ler... Por favor, rogo que não faça mau juízo de mim.

Katherine abriu o papel. Leu as primeiras frases. Olhou inquisidora para a empregada:

— Mas que maldito texto é este que você traz para ler em minha residência, Lisa?

— É um dos textos de que andam falando, senhora... Fiquei curiosa, minha vizinha tinha uma cópia... Perdão.

— De que textos estão falando? Quem?

— A senhora nunca ouviu falar?

Katherine mostrava-se menos arredia e mais curiosa, e Lisa percebera a mudança.

— Não, nunca ouvi falar. Do que se trata?

— Senhora, não se sabe como tudo começou... Mas espalham-se pela cidade diversos textos como este. Não se sabe quem os escreve, mas supõe-se que seja de um homem para uma mulher misteriosa. Muitos os têm lido.

Katherine voltou a encarar o papel. Resolveu confiscá-lo.

– Tem sorte de eu não te expulsar desta casa, Lisa. Como ousa trazer ao meu lar trechos concupiscentes como este? Onde está o respeito que exijo de vocês?

– Perdão, senhora. Não se repetirá, prometo. Por favor, senhora. Preciso deste emprego... – Lisa tinha os olhos marejados de medo.

Katherine dobrou o papel, ajeitou o vestido e respondeu:

– Seja grata pela chance que lhe dou. Agora volte ao trabalho.

– Sim, senhora. Agora mesmo!

Katherine virou-se e caminhou até seu quarto, trancando a porta. Sentou-se na cama. Seus cabelos estavam presos num elegante coque no alto da cabeça, mas alguns fios dourados pendiam no rosto. Abriu novamente a folha de papel. Leu todo o texto. E enquanto lia, um calor extremo se apossava de cada poro em sua pele. O corpo vibrava a cada palavra, a cada confissão luxuriosa que seus olhos descortinavam. Um homem parecia descrever, em detalhes sujos e mundanos, contatos sexuais com uma mulher de pouca decência. Eram as palavras mais febris que já havia lido. Involuntariamente, viu-se compelida a experimentar as sensações tão bem narradas em suas mãos. Que devasso aquele homem! Que sortuda aquela mulher! Terminou de ler e permaneceu longos instantes em sua cama, imaginando as diversas situações que teriam levado aquele casal a tão saboroso êxtase. Deixou-se levar por pensamentos impudicos. Desejou ser aquela mulher. Imaginou como seria ter em sua cama o homem ardente que escrevera aquelas linhas. Sentia-se acesa e desassossegada. Resolveu esconder o papel e banhar-se. Logo Charles estaria de volta e seus meninos já começavam a bater à porta do quarto chamando por ela.

À noite, Katherine estava quieta. Pensativa. Charles estava também tão envolvido nos próprios dilemas que sequer percebera o estranho silêncio da esposa. A mudez de ambos foi interrompida apenas pela agitação dos pequenos. Após o jantar, novamente Charles trancou-se em seu escritório. Katherine pôs as crianças em suas camas e voltou para o quarto, para o texto. Leu e releu. E refletia sobre como escritos como aquele se espalhavam pela cidade. Lisa devia estar mentindo. Era a única explicação. Mas onde então ela teria conseguido aquele texto? Lisa sabia ler, mas o fazia com extrema dificuldade. Logo, também não deveria saber escrever com tamanha desenvoltura. Teria sido presente de algum amante? Não havia nada naquele escrito que fizesse referência à criada. Katherine estava intrigada. Muito intrigada.

※

A venda da fábrica havia sido suspensa naquele período. Primeiro, porque os trabalhadores que nela laboravam descobriram, de alguma forma, que a fábrica seria vendida e muito provavelmente fechada, gerando alguns tumultos muito antes do que Charles e Paul esperavam. Era sem dúvida um fator negativo que poderia pulverizar o ânimo de qualquer possível comprador. Melhor seria aguardar e esperar que os boatos se dissipassem. A outra razão era a proximidade do casamento de Julie. Os nervos de Paul, já naturalmente inflamados, estavam então em chamas! Os gastos, os detalhes, os convidados... Tudo lhe tirava a paz. Para completar, Paul não conseguira encontrar-se com Molly novamente. Teria sido um bom relaxamento naquelas circunstâncias, mas, para sua frustração, nas três vezes em que arriscou voltar ao cortiço, não obtivera êxito: numa ocasião, Molly estava acamada. Noutra, ausente. E na terceira, por fim, ocupava-se de outro cliente. Foi obrigado a se contentar com as histórias contadas pelos colegas e com dois ou três textos eróticos que tomara emprestado do velho Michael Hamilton. Eram textos sem nomes ou assinaturas, mas que descreviam com perfeição momentos íntimos e prazerosos entre um casal anônimo.

Em contraste com a agitação do pai, Charles sucumbia a uma silenciosa depressão. Tentava, dia a após dia, esquecer a prostituta. No entanto, passou a vê-la nos lugares mais improváveis: viu Molly passear de braços dados com um senhor de barba farta num fim de tarde. Viu-a na mesma joalheria em que comprara joias para a esposa. Ela estava noutras carruagens, nas ruas, em sua própria cama. E tinha certeza de tê-la visto sentada à sua frente no último concerto em que esteve acompanhado de Katherine. A música misturava-se à desordem de sua mente e ele precisou reunir toda a resistência que pôde para permanecer até o fim. Quanto mais tentava esquecer, mais presente Molly se fazia. Diversas vezes, quis retornar ao quarto dela, mas não havia digerido o fato de que ela, uma mulher magnífica, queria ser usada por todos a troco de pouco dinheiro. E ainda dava a isso o nome de liberdade. Sabia que nada podia fazer além de se afastar e se proteger de prejuízos sentimentais. Molly era como mel cercado por um enxame de abelhas assassinas.

⁕

Após alguns dias detendo o máximo possível a sua curiosidade, Katherine procurou Lisa. A jovem criada lustrava os móveis, as pratas e porcelanas da ampla sala de estar.

— Lisa, gostaria de ter uma palavra com você.

— Sim, senhora — disse ela, ajeitando o avental e arregalando os olhos.

— Lisa, peço-lhe que seja honesta: onde conseguiu aquele texto?

— Já lhe disse, senhora. Uma vizinha emprestou-me...

— E como ela conseguiu?

— Ela disse ter copiado de colegas da escola primária na qual leciona.

— Ela copiou de colegas?

— Sim, Madame.

— E onde essas colegas conseguiram o escrito?

Katherine tinha a testa franzida e a curiosidade flamejante.

— Não saberia dizer, senhora.

Katherine pôs as mãos na cintura. Deu alguns passos para um lado, depois para o outro, pensativa. Parou novamente em frente a Lisa e disse, num impulso:

— Essa sua vizinha... tem algum outro texto semelhante?

— Creio que sim, senhora. Ela havia me dito que...

— Pois bem – interrompeu Katherine –, traga-o. Sem fazer perguntas ou tecer comentários sobre isso com quem quer que seja. Traga-me o texto e, depois, devolverei ambos a você.

Lisa parecia bastante surpresa com o pedido da patroa.

— Sim... senhora. Trarei amanhã mesmo.

— E seja discreta. Pelo bem de seu labor nesta casa.

— Pois não, senhora.

Dizendo isso, Katherine dirigiu-se ao quarto. Os pequenos bagunçavam a cama. Decidiu deixá-los ocupados um com o outro, enquanto copiava o texto que tomara de Lisa. Queria manter para si mesma uma cópia daquele amontoado de palavras afrodisíacas. Naquela tarde, três amigas viriam visitá-la, acompanhadas dos filhos com idades semelhantes às de John e Jeremy. Enquanto as crianças brincavam, teria a oportunidade de mostrá-lo às amigas.

Vivianne, Meredith e Laura reuniam-se com Katherine regularmente. Primas, amigas de infância, ex-vizinhas. Todas bem-casadas e cercadas pelo orgulho e a segurança burguesa. Seguiram para os jardins da casa, onde poderiam tomar chá e conversar sobre amenidades e assuntos femininos, enquanto seus filhos corriam na grama verde e bem-aparada.

– Minhas caras, tenho algo sigiloso para mostrar-lhes – disse Katherine, com os olhos brilhando como os de uma adolescente.

– O que está tramando, Kate?

As outras riam.

– Dia desses, entrei na cozinha e flagrei a criada escondendo este escrito misterioso no avental – disse ela, enquanto desdobrava o papel que guardava no decote.

– Escrito? Sobre o quê?

– Leiam. Leiam! – disse Katherine, excitada e ansiosa, com um sorriso malicioso no rosto.

As três amigas puseram-se a ler, enquanto faziam caras e bocas de espanto:

Minha doce dama.

Minha bela, minha gloriosa dama.

Penso a todo o momento em tua cama afogueada.

Em vossos seios róseos e aveludados acariciando meu rosto.

Quero sentir o cheiro do vosso suor e o sabor ocre de tua intimidade.

Novamente e novamente.

Sempre deixo cambaleante o vosso quarto. Exausto, vazio. Feliz!

Pois me cavalgas como se não houvesse amanhã!

Aprisiona-me entre vossas coxas como se temesse minha fuga.

Encharca meu corpo com vossa saliva.

Morde-me.

Beija-me.

Abre-te e mostra-me teu âmago.

Rogo aos deuses que me levem até ele.

Até o teu âmago.

Permita-me roubar-te o fôlego e o juízo, pois do meu já não tenho esperanças.

Proferes palavras chulas em meus ouvidos, entre gemidos e gritos.

Entre vossas súplicas por piedade enquanto a golpeio violentamente

e dilacero-te o vértice negro, úmido e abafadiço.

Vosso corpo me pertence agora, minha bela.

Não por ser teu dono.

Mas por me engolires

e fazeres de mim um animal faminto e sôfrego

que te escava em busca de mim mesmo.

As amigas olhavam boquiabertas para Katherine:

– Katherine, por Deus! O que são essas palavras?

– Provocantes, não acham?

– Como sua criada conseguiu esse texto? Ela o escreveu?

– Não, claro que não. Ela alega ter conseguido emprestado de uma vizinha. Contou-me ainda que textos como esse se espalham por toda a cidade, sem que se saiba a origem e a autoria.

– Espere um pouco! Ouvi falar desses escritos! Stella, minha cunhada, disse-me ter encontrado algo parecido nas gavetas de meu irmão!

– O que será, senhoras? Quem será o autor?

– Acho que não conseguirei terminar meu chá. O calor me sobe pelo corpo...

Todas gargalharam. Textos impudicos não eram de todo incomuns naquele período. Mas as rígidas regras da moral e dos bons costumes refreavam em boa parte os impulsos libidinosos dos vitorianos, em especial os de condição financeira privilegiada.

Molly buscava retornar à rotina. Convencia-se de que não veria mais Charles, apesar de não conseguir serenar com o fato. Às vezes, chorava escondida, baixinho. Não permitia que as outras garotas vissem-na lamentar a saudade. Passou a participar com mais frequência dos encontros no andar de baixo. Passou a aceitar outros fregueses. Passou a se sentir menos especial. Passara a crer que havia sido mais feliz antes de conhecer o empresário de olhos azul-turquesa. Agora, necessitava do tempo para preencher o vazio. Tempo esse que parecia não passar.

Molly nunca acreditara que a sua tinha sido uma escolha fácil. Saiu de casa acreditando estar preparada para enfrentar o que de pior o mundo pudesse lhe oferecer. Porém, somente naquele momento parecia entender que aquilo que já é íngreme pode também tornar-se escorregadio. Molly era uma mulher forte. Ou queria crer nisso. No entanto, o fantasma de Albie e a distância de Charles minavam suas forças, dia após dia, e expunham uma vulnerabilidade que ela mesma não conhecia. As noites árduas atingiram seu ápice na ocasião em que viu entrar pela porta do prostíbulo ninguém menos que Patrick, seu pai. Imaginou que Albie tivesse falado alguma coisa para ele. Abaixada, arrastou-se entre as pernas dos homens e mulheres ali amontoados, puxando a barra do vestido de Sophie, que se curvou para falar-lhe:

— Senhora, o que houve?

— Meu pai! Meu pai está aqui, Sophie! Por Deus, vocês precisam distraí-lo e me ajudar a voltar para o quarto!

Molly gelava. O ódio que nutria por Albert fora quintuplicado naquele exato instante. "Que verme desprezível!", pensou ela. Sophie fez sinal para duas garotas, que vieram a seu encontro ao perceber a expressão angustiada na face da patroa. Molly continuava abaixada e podia ver, entre os tantos pés imundos, as botas do seu pai se aproximando sorrateira e perigosamente. Os homens, por mais bêbados que estivessem, passaram a notar o alvoroço que se instaurara entre as três moças:

— Precisa de alguma coisa, Sophie?

— Aquele bigodudo vindo pra cá é o pai da Molly! Temos que distraí-lo...

— Boa noite, senhoritas.

Molly ouviu a voz grave do pai, e se pôs dentro do vestido de Sophie, que deu um pulo.

— Pois não, senhor — respondeu uma das garotas.

— Digam-me... A senhorita Molly está?

Molly tremia embaixo do vestido de Sophie. Era quente em demasia, ela suava e sentia o suor descendo também pelas panturrilhas da jovem. Mal conseguia respirar!

— Senhor, Molly está bastante ocupada no momento, mas... há algo que possamos fazer pelo senhor? — replicou a outra moça, pondo as mãos em volta do pescoço de Patrick, tentando afastá-lo dali.

— Diga-me, jovem... ela irá demorar?

A outra apressou-se em responder:

— Ah sim, senhor. O cliente que ela atende no momento costuma passar a noite.

– Uma pena... Voltarei então numa outra oportunidade. Obrigado, mocinhas.

Patrick deslocou-se o mais rápido que pôde para fora do antro abafado e fedorento. De fato, fora até ali movido pela curiosidade, como grande parte de seus amigos. Tomou coragem após Albie contar-lhe com animação sobre as aptidões sexuais de Molly. Mas temia ser reconhecido ou pego em flagrante. Por isso, saiu na noite fria sem ter a certeza de que voltaria a se arriscar.

Molly erguera-se, trêmula e abatida. Subiu para o quarto. Queria ficar sozinha com a angústia que lhe amarrava o peito de tal forma que, se abrisse a boca, apenas o pranto desesperado dela sairia.

XI

Chegara enfim o dia do matrimônio de Julie. Um farto banquete foi oferecido aos convidados na casa de Paul O'Connor ao cair da noite. Decidiu-se comemorar o enlace na residência dos O'Connor, em virtude da saúde delicada de Rachel, a matriarca. Katherine e Charles foram escolhidos para serem padrinhos de Julie, portanto, estavam entre os mais elegantes presentes na cerimônia. Durante a celebração, Charles ouviu do padre as palavras "Deus", "fidelidade", "amor eterno", "união". Pareciam-lhe ideias estranhas e distantes. Soaram hipócritas. Charles desacreditara no amor. Para ele, havia apenas aquilo que se deve, mas não se quer fazer. E aquilo que se quer, mas não se pode. As aparências e a rotina.

Já não sentia atração por Katherine. Deitar-se sobre ela exigia dele um esforço descomunal. E não o fazia com paixão, ou vontade. Não o fazia com o corpo, menos ainda com a alma. A libido, outrora tão vívida, tão à tona, era agora nada além de uma sensação embolorada dentro de si. Katherine, por sua vez, fervia. Recebia quase semanalmente um novo texto de Lisa e copiava-os todos. Dividia-os com as amigas, cujas visitas se tornaram mais e mais frequentes. Alimentava fantasias e incendiava por dentro como jamais antes. Sonhava com o homem pervertido que escrevia os "escritos malditos", como aos poucos foram ficando conhecidos os poemas. Havia sempre alguém, em algum lugar, lendo, copiando, distribuindo, conjecturando. A mulher descrita incitava os homens, o homem acendia as mulheres. Mas de nada disso Charles tinha conhecimento. Via sua irmã, Julie, belamente vestida ao lado de Liam Taylor e aquela imagem nada significava para ele, assim como nada significavam as fábricas, os móveis da casa, a elegância das roupas, o sabor dos almoços e jantares. Estava realmente fadado a perambular adormecido, ainda que de olhos abertos.

A festa transcorria de maneira impecável. Tantos homens e mulheres ali reunidos, cantando, rindo, devorando e bebendo. Charles, sem sequer perceber, viu-se mais uma vez sentado junto aos velhos empresários que havia encontrado nas bodas de Albie. Falavam da aparente depressão pela qual atravessavam, dividiam opiniões, tentavam prever o futuro. Os próprios futuros. Paul contou-lhes sobre o levante na fábrica que seria vendida e os receios que o cercavam. Charles conseguia resgatar uma ou outra palavra ou ideia, aleatoriamente. No geral, olhava para a taça nas mãos. E deixava a triste saudade corroer suas vísceras.

Katherine conversava animadamente com algumas mulheres. Pareciam cochichar, na verdade. Estava alegre, bebia um pouco além do conveniente para uma dama da alta sociedade. As risadas de Katherine, a alegria de todos na verdade sufocava o dono dos olhos azul-turquesa. A certo ponto, ouviu de Albie a seguinte frase:

— Meus caros, deixem que lhes conte que conheci a tal moça de que nos falou Hamilton.

Charles o encarou num susto. Albie não podia falar o nome dela, não podia revelar quem ela era, ainda mais quando Patrick o fitava com tamanho interesse. Tentou interromper:

— Senhores, mais uma vez com esses assuntos? Um pouco inapropriado, não acham?

Entreolharam-se antes de encarar Charles:

— Mas o que há, nobre amigo? Se bem me lembro, ficou curioso quando Michael nos falou dela.

Charles pigarreou, desconfortável. Permaneceu em silêncio. Albie voltou a falar:

— Meus caros, a tal Molly é realmente uma ótima potranca...

Todos riram, maliciosos, à exceção de Charles. O sangue fervia em suas veias. Patrick comentou, em voz muito baixa:

— Confesso que tentei conhecê-la, mas não tive a mesma sorte. Ocupava-se de alguém.

— Ah, meu velho. Ficaria surpreso... — disse Albert, levando um gordo charuto à boca.

— Também eu a conheci, mas apenas estive com ela numa ocasião. Voltei ao cortiço outras vezes, mas não tive êxito em nenhuma delas — disse Paul.

Charles suava. Tremia de ódio. Quis esfacelar as gargantas de todos, inclusive a do próprio pai, por um breve momento. Paul continuou:

— O que tenho feito agora é ler alguns textos que Hamilton me conseguiu; bastante obscenos, diga-se de passagem.

— Senhores, com licença. Irei à busca de uma bebida — disse Charles, com a taça nas mãos pela metade. Os homens assentiram e perguntaram a Paul, tão logo o rapaz se afastou:

— O que há com Charles? Está um tanto soturno para uma noite de festa...

Charles olhava para os lados: o irmão cercado de duas damas, aparentemente bêbado; os filhos a brincar com as outras crianças, rostos suados; a mãe, sentada numa poltrona, alheia e distante como ele próprio; Katherine punha as mãos na boca ao ouvir alguma indiscrição que uma das amigas lhe falava; os homens gargalhavam soberbos, entornando taças e empanturrando-se como porcos; Julie e Taylor, entufados como se fossem os próprios rei e rainha da Inglaterra. Sentiu-se enjoado. Afastou-se daquele burburinho, tomou um corredor em direção ao escritório do pai. Quem sabe lá encontraria o mínimo de silêncio. Ao se aproximar da porta, ouviu vozes. Reconheceu-as. O padre conversava com um dos seus ajudantes:

— Conseguiu marcar o horário?

— Sim, reverendíssimo. Mas apenas para daqui a dois dias, à tarde.

— À tarde? Mas você bem sabe que não posso me expor assim em plena luz do dia!

— Perdoe-me, senhor. Mas Molly me pareceu atarefada demais. Quase não consegui falar com a moça.

Molly! Aquele nome badalava em sua cabeça como um sino gigantesco anunciando a chegada do apocalipse! O padre que casara sua irmã momentos antes era cliente... de Molly. Seu estômago se revirava e ardia. Sentiu falta de ar, tontura. A repulsa e a cólera lhe invadiram num só golpe. Retornou às pressas pelo corredor, alcançou a porta da frente e saiu. Os poucos que perceberam estranharam a saída tempestuosa do irmão da noiva. Foi à sua carruagem e ordenou ao cocheiro, com a voz trêmula e olhos marejados:

— Para minha casa. Agora!

O pobre diabo do cocheiro fumava um cigarro enquanto conversava com outros empregados das tantas famílias ali presentes. Assustado com a aparência transtornada de Charles, mais que depressa obedeceu. Perguntou:

– Está tudo bem, senhor? Parece aflito. Sente algum mal-estar?

– Não é nada, George. Apenas faça o que ordeno.

A carruagem iniciou a movimentar-se num trote veloz noite afora e logo parou em frente à casa de Charles, que desceu alvoroçado, entrou e foi direto ao escritório. Abriu o cofre e de lá tirou uma barra de ouro maciço, montes de moedas e até mesmo uma quantidade de dinheiro em papel-moeda. Alcançou uma bolsa de couro pendurada próxima à porta, colocou dentro dela o arrecadado, voltou correndo para o veículo, ordenando com firmeza:

– Para o cortiço, George. Rápido!

Seguindo as ordens do patrão, o cocheiro tomou o rumo oposto. Charles não pensava, não raciocinava. Não lhe vinha à mente que os convidados, seus pais, ou a própria esposa deviam estar procurando por ele. Não pensava que passava das oito horas da noite e o cortiço deveria estar cheio de bêbados e imundos. Muito menos que George sabia dos seus hábitos. Nada, nada lhe vinha à mente além do fato de que até mesmo o padre passara as mãos em Molly. Tomaria providências. E Molly teria que aceitá-las, por bem ou por mal.

Após quase uma hora, chegaram enfim à porta do bordel. O barulho que vinha de dentro dava pistas do grande movimento àquela hora. Bateu à porta com espantoso vigor e punhos fechados. Logo, Jane abriu e, assustando-se ao ver Charles, exclamou:

– Senhor O'Connor! O que faz por aqui?

Sem responder, Charles forçou sua entrada, quase derrubando a jovem moça e alguns homens e mulheres que lá estavam. Não encarou ninguém. Se alguém o reconheceu, isso não o perturbava. Apenas atravessou o mar de pessoas suadas, subiu as escadas e tentou abrir a porta de Molly. Levava consigo a bolsa de couro. A porta estava trancada. Passou a esmurrá-la, gritando:

– Molly! Molly, sei que está aí! Abra essa porta imediatamente!

Todos olhavam, assombrados, para o homem elegante que parecia disposto a derrubar a porta da prostituta à força. Molly estava com Thomas, um cliente, que havia acabado de deitar-se e recebia no torso os primeiros beijos da morena. Os olhos arregalados de Molly encaravam os de Thomas, enquanto ouviam o barulho forte e abafado dos punhos de Charles chocando-se contra a madeira.

– Abra já, Molly!

– Estou ocupada! Volte noutro momento! – gritou de volta.

– Molly, eu não estou brincando! Vou derrubar essa porta! Abra! – Charles vociferava. Sophie e Jane arriscaram subir alguns degraus, na tentativa de acalmá-lo, mas Charles estava possesso.

– Senhor, dona Molly está com um cliente. Por Deus, acalme-se! Porque não desce um pouc...

– Molly!!! – Pancadas na porta.

Molly levantou-se num pulo, entregando as roupas para Thomas:

– Olha, Thomas, eu sinto muito, mas você terá que ir.

– Como é? Mas já paguei...

– Molly!!! – Charles continuava esmurrando a porta, sem parar.

– Um minuto! – gritou de volta, nervosa.

– Thomas, eu preciso atender essa pessoa. Olha, desça, beba o que quiser. Devolvo-lhe o dinheiro, será tudo por minha conta.

– Mas Molly, não é justo! Havíamos combinado há dias...

– Eu sei, Thomas! – Molly exasperava-se. O barulho insistente na porta não deixava espaço para muito raciocínio.

– Molly! Não brinque comigo! – gritou Charles.

Enfim ouviu o som irritante do ferrolho sendo aberto. Virou-se de costas, para não ver quem era o homem que estava com ela, preocupado também em não ser visto. Thomas saíra do quarto, furioso, e teria pedido satisfações a Charles se Molly não o tivesse empurrado em direção às escadas.

– Thomas, vá logo! Depois conversaremos. Meninas, cuidem dele por mim. Está tudo pago – gritou ela em direção ao andar de baixo.

Neste ínterim, Charles entrara no quarto. Observou a cama, com os lençóis desarrumados. A tina à sua direita estava cheia d'água. O ódio só aumentava. Ouviu a porta sendo violentamente fechada. Virou-se e encarou Molly, que tinha uma expressão nada amigável no rosto.

– O senhor pode me explicar o que faz aqui, a esta hora? E que direito tem de expulsar o meu cliente do meu quarto, em minha casa? Está louco?

Molly estava furiosa, mas Charles não parecia se importar. Aliás, sequer chegou a dar atenção às reclamações dela. Olhou fixo nos olhos dela, de maneira visivelmente ameaçadora:

– O que vocês fizeram?

– O quê? – Molly parecia não acreditar em seus ouvidos.

– Quanto o canalha lhe pagou? – continuou Charles.

Molly estava abismada. Charles estava tendo um surto psicótico. Não havia outra explicação!

– O canalha não me pagou nada porque não tive tempo de fazer nada!

Ao proferir essas palavras, alcançou um cigarro em sua mesinha e foi até a janela. Fumar poderia acalmá-la um pouco. Charles apenas a observava, mas era um animal peçonhento prestes a dar o bote. Perguntou, ainda encarando-a:

– Você conhece um senhor chamado Anthony Moore?

Molly deu uma baforada. Olhou para Charles.

— De que te importa, Charles?

Charles cerrou os punhos. Repetiu a pergunta, falando pausadamente, palavra por palavra:

— Você conhece um senhor chamado Anthony Moore?

Molly notava a agressividade latente no homem à sua frente. Sentiu um frio percorrer sua espinha.

— Sim, o conheço. Estará aqui em alguns dias. Por que me faz esta pergunta?

Charles passou as mãos nos cabelos. Depois, na própria barba ruiva. Sua vontade era quebrar tudo naquele quarto medíocre. Melhor: jogar o que houvesse lá dentro janela abaixo!

— Anthony Moore... Você sabe quem é ele? O que faz?

— Já te disse que não pesquiso a origem dos meus clientes. Ele vem e paga por um serviço. Minha obrigação é prestar o serviço da maneira mais adequada.

— Anthony Moore é padre! É o padre que acaba de casar minha irmã!!! Você sabia disso, sua grande cadela?

Molly mostrou-se surpresa com a revelação. E curiosamente vaidosa.

— Padre?! Nossa...! Quem diria... Nem mesmo os bons homens de Deus resistem a mim...

Dizendo isso, soltou uma sonora gargalhada, antes de provar uma nova tragada. Charles imediatamente avançou sobre ela, arrancou-lhe o cigarro da boca, e puxou-a pelo braço, forçando-a a sentar na cama.

— O que pensa que está fazendo, seu verme?

Charles puxou a cadeira e ficou frente à frente com a prostituta. Seu olhar era ameaçador e sombrio. Falou para Molly, com a voz distorcida pela mais pura ira:

— Você é uma mulher de negócios, não é? Então façamos negócio!

Arrancou as moedas da bolsa encouraçada, jogando-as em cima da cama, sobre o colo de Molly. As mãos e os lábios chacoalhavam. Jogou sobre ela o dinheiro e, por último, tomou nas mãos a barra de ouro:

— Aqui. Tenho certeza de que isso vale muito, não? Pois então, Madame. Compro-lhe um mês! Durante os próximos trinta dias você deitará somente comigo! Entendeu ou quer que repita? Estou certo de que o que você recebe é apenas migalha perto do que estou oferecendo. Pois então compro de você a exclusividade!

Molly estava totalmente estática. Olhava para as moedas e para a barra de ouro cintilante nas mãos daquele homem esbaforido. Falou devagar, pois sabia que um gesto brusco poderia despertar de vez o demônio que ele parecia trazer consigo.

— Vocês, ricos homens... Sempre com a certeza de que tudo podem comprar, não é mesmo?

— Não podemos comprar tudo. Está enganada quanto a isso. Mas podemos comprar aquilo que está à venda. Seu tempo e seu corpo estão à venda para quem quiser deles usufruir, isso você não pode negar. Pois aqui estou eu, adquirindo o que o meu dinheiro pode comprar.

— E se eu me negar?

— Ah, não irá negar. Por que negaria? Então meu dinheiro vale menos? É indigno? Você irá aceitar porque é mais do que justo o que proponho! E não estou aqui pedindo nada! Estou comprando! Comprando a mais completa e absoluta exclusividade sobre o seu corpo pelos próximos trinta dias. E sugiro que aceite, pois com o ódio que me fervilha o sangue sou capaz de fazê-la engolir cada moeda jogada nessa sua cama imunda! — gritou ele, jogando a barra de ouro também na cama, quase acertando o rosto de Molly. Levantou-se, enérgico, e foi até a janela. Tentava respirar, tentava controlar a imensa vontade de machucar Molly, pois odiava aquela sensação. Passava as mãos freneticamente pelos ruivos cabelos.

De costas para ela, ouviu sua voz plácida:

— Tudo bem, Charles. Aceito sua proposta.

Charles encarou-a, desconfiado.

— Por trinta dias? Trinta dias sem que ninguém chegue perto de você?

— Sim. Exatamente como colocou.

Molly sentia-se ofendida e emocionada ao mesmo tempo. E não podia deixar de perceber como ele estava belo e repleto de soberba naquela noite! Charles continuava agitado. Molly levantou e, devagar, aproximou-se dele. Olhou no fundo do mar azul daqueles olhos. Como era sublime tê-lo por perto de novo. Como era gratificante o odor do seu hálito, sua barba, seus cabelos. Aproximou-se para beijá-lo. Charles virou o rosto, negando-lhe o gesto de carinho.

— O que houve? Não fará uso de sua aquisição? — perguntou Molly, lânguida.

— Entre na tina — ordenou ele.

— Quer que eu me banhe?

— Sim. Não beijarei uma boca que há poucos instantes beijava outra. Não tocarei um corpo que há poucos instantes tinha outro sobre ele.

— Nada aconteceu, Charles...

— Não importa! Exijo que esteja asseada adequadamente!

Molly se afastou. Tirou devagar o vestido, deixando-o cair lentamente no chão, olhando sempre nos olhos de Charles. Sua respiração tornara-se pesada enquanto observava com desejo o corpo de Molly. Mas um desejo revolto e maligno. Tirou o sobretudo, o fraque preto e o colete. Circundavam a tina enquanto se despiam, encarando-se como dois tigres selvagens. Enfim, Molly pôs um pé na água fria, depois o outro e sentou-se. A água encobria-lhe os seios. Pegou um tablete de sabão ao lado da tina. Charles dobrara a longa camisa branca até os cotovelos e ajoelhara-se ao lado da bacia amadeirada.

– Me dê o sabão.

A prostituta obedeceu. Charles molhou as mãos e as ensaboou. Tomou-lhe o queixo e passou a espuma em seu rosto, em seus lábios. De súbito, forçou os dedos dentro da boca de Molly, esfregando-os em sua língua, fazendo-a tossir e quase vomitar. Ela o empurrou, cuspiu na água, tentou lavar a boca. O sabão ardia em seus lábios e língua. Fitou-o furiosa e, jogando nele as mãos cheias d'água, berrou:

– Você é um perturbado? O que pensa que está fazendo?

Charles abriu os braços e observou a camisa parcialmente molhada. Colérico, puxou Molly pelos longos cabelos e aplicou-lhe o mais selvagem dos beijos. Ela sentia aqueles dentes morderem sua boca, a língua furiosa empurrando-se contra a sua, os pelos da barba dele arranhando sua face. Abraçaram-se. Molly molhava Charles, que já não sentia frio ou qualquer preocupação com a aparência. Queria aquela mulher de imediato. Desfez-se das roupas, enquanto ela o tocava e o estimulava com avidez e pressa. A tina era pequena, então Molly precisou levantar-se para que ele entrasse. Por fim, sentou-se sobre ele, mas, mesmo assim, era apertado. Machucavam os joelhos e pernas. Moviam-se, empurravam-se impacientes até que se encaixaram. A prostituta deixou escapar um gemido profundo e sofrido, como se a vida lhe escorresse vagarosamente e ela sequer tivesse vontade de guardar um pouco para si. Abraçou forte o amante, jogou o corpo contra o dele, que apertava suas nádegas e tentava penetrá-la até atingir-lhe o cerne. Até que ela o encobrisse por inteiro. Até que doesse. Com muita dificuldade e ânsia, mexiam-se na tina de madeira. O cavalgar espicaçado de Molly fazia da água um mar agitado, que transbordava e caía no chão a cada movimento de suas ancas. Charles sentia o prazer aumentar. Gemia alto, encostava o rosto entre os seios lisos da prostituta e quase chorava. O desespero do corpo. As sensações levadas ao limite, onde sequer era possível respirar. Viu o corpo de Molly contrair-se, viu-a tremer, convulsionar. Ela apertava os olhos. Era quase uma dor. Gozar parecia o mesmo que arrancar de si algo tão arraigado que doía maravilhosamente. Charles apertava a cintura dela enquanto os espasmos também lhe tomavam todo o corpo. Ali, naquele momento, com os joelhos machucados, exausto, e a pele enrugada pelo frio d'água, Charles reconhecia que o corpo voluptuoso pousado sobre o dele era enfim sua morada mais genuína.

XII

A meia-noite se aproximava quando Charles parou à porta de casa. Carregava nas mãos o casaco e o elegante fraque preto que vestia no casamento da irmã. Tinha os cabelos emaranhados e ainda úmidos e a camisa branca amarrotada. As luzes da sala estavam acesas. Dispensou George e adentrou sua residência. Nenhum pensamento sério se fixava em sua mente; seu raciocínio era lento e escorregadio. Ouviu a voz quase histérica da mulher antes mesmo que pudesse focalizá-la:

— Charles! Onde diabos você se meteu? Estávamos todos preocupados, você saiu da casa de seus pais como se estivesse em fuga! O que houve? Por que está tão desalinhado e com os cabelos molhados?

— Não houve nada, Katherine. Precisei me retirar, apenas isso — disse ele, enquanto se dirigia ao quarto.

— "Apenas isso"? Charles, você me deixou aflita! Você me deve uma explicação!

— Katherine, cá estou, são e salvo. Não lhe basta?

— Não, Charles. Não me basta!

Entraram no quarto. Charles jogou as roupas despreocupadamente na cama. Impacientava-se com as perguntas frenéticas da esposa.

— Charles, responda-me, em nome de Deus! Onde estava? O que aconteceu?

— Precisei resolver um problema.

— Que problema?

— Algo pessoal.

Katherine gelava.

— Algo pessoal? O que pode ser tão pessoal que não posso saber?

— Não é importante, Katherine! Por favor, esqueça!

— Não, Charles! Não pode querer que eu ignore o fato de você ter saído do casamento de sua irmã, em que você era um dos padrinhos, sem avisar, e retornado para casa todo desarrumado desta maneira! Exijo uma explicação!

As lágrimas escorriam na face delicada da esposa. Charles olhou para ela, envergonhado. Respirou fundo, olhou para o chão. E disse calmamente:

— Fui resolver um problema... com uma mulher.

Katherine engoliu em seco. Parecia já saber com precisão o que viria em seguida, mas negava-se a acreditar. Chorando, perguntou:

— Quem é essa mulher, Charles?

Charles fechou os olhos, passou a mão nos cabelos. Permaneceu calado, sem encarar a esposa.

— É sua amante?

Charles demorou-se por alguns segundos. Aos poucos, a consciência parecia acordar de um longo sono. Fitou o chão por vários segundos, e respondeu, por fim:

— Sim.

As pernas de Katherine tremiam. Despencou na cama. Levou as mãos ao rosto, chocada. Não sabia o que dizer. Apenas chorava. Sentia-se humilhada e desprezada. Sentia-se um lixo. Sempre se esforçou em ser uma boa esposa. Sempre buscou se cuidar e satisfazê-lo. Charles ouvia em silêncio os soluços da mulher, profundamente envergonhado. Longos minutos se passaram, sem que dissessem qualquer palavra. Katherine lançou-se aos prantos e Charles sentiu-se culpado por não ter arrependimento no coração. Finalmente, após descarregar-se do triste choque, ela olhou para o marido. Permanecia imóvel ao lado da janela do quarto, observando a escuridão exterior com um aspecto distante. Katherine levantou e aproximou-se de Charles. Quis tocar seu braço, mas não conseguiu. Então perguntou:

— Você a ama?

Ainda sem olhar para ela, Charles respondeu:

— Não estou certo...

O desespero tomou conta de Katherine. Desespero pela possibilidade de perder seu marido, de ver seu casamento destruído, pelos filhos, pela vergonha de ser uma mulher que não conseguiu satisfazer o companheiro.

— Há quanto tempo...?

— Isso importa? — perguntou Charles.

Katherine se aproximou mais um pouco, tocou-lhe de leve o braço. Apavorada, perguntou:

— Você me ama?

Charles não conseguia fitar a esposa diretamente. Ela era uma companheira maravilhosa, bela e dedicada. Como dizer que já não sabia mais? Como contar que se sentia confuso? Como explicar que seu corpo, seu pensamento, suas vontades já não estavam mais ao lado dela? Como informar que era agora prisioneiro de outra mulher?

— Sim. Amo.

Katherine agarrou-se ao braço do esposo. Chorava baixinho. Perguntou, por fim:

— Você irá me deixar?

Charles respirou fundo. Resignado, respondeu:

– Não. Não irei te deixar.

Katherine era uma frágil menina assistindo ao seu castelo de areia, antes tão belo e magnífico, sendo levado pelo vento. Decidiu não mais falar. Permaneceram de pé por alguns minutos, em silêncio. Katherine chorava encostada no marido e Charles a fitava através do vidro, enquanto a ventania estava balançando as árvores mergulhadas na mais profunda escuridão – como também estava ele, naquele momento.

⁓⁂⁓

Poucos dias após o casamento da filha, Paul adoeceu, expondo a sua já frágil saúde. Havia programado ir a Lancashire para negociar com os funcionários da fábrica menor e, assim, dar andamento ao processo de venda. Com o patriarca adoentado, restou a Charles a tarefa. Viajaria já no dia seguinte, de trem. Após a terrível revelação do marido, Katherine estava ultrassensível. A todo momento tentava agradar Charles, buscava informações sobre seus passos, lembrava-o do amor nutrido por ela. Charles sentia-se mal por ela, mas não sabia como mudar a situação. Talvez alguns dias distantes lhes fizesse bem, afinal. Então, Charles teve a ideia. Ordenou que George tomasse algumas providências e, no fim do dia, o cocheiro estacionava em frente ao cortiço:

– A senhora Molly está?

– Quem a procura? – perguntou uma das jovens.

– Venho a mando do meu patrão, senhor Charles O'Connor.

– Ah. Um minuto, por gentileza.

Fecharam a porta, fazendo-o esperar do lado de fora. Uma forte ventania varria as ruas. Poucos momentos depois, Molly apareceu com um xale esverdeado que cobria-lhe os ombros.

— Sim?

— Senhora, venho a pedido do senhor O'Connor para entregar-lhe isto.

Entregou um envelope amarelado à prostituta. Ela segurou e, desconfiada, inquiriu:

— Do que se trata?

— Não saberia dizer, Madame.

Molly encarou o empregado. George a olhava com certo ar de superioridade e desprezo. Por fim, ela respondeu:

— Muito bem. Obrigada.

George tirou o chapéu, num gesto respeitoso e, subindo no veículo negro, tomou o caminho de volta para a casa de Charles.

Molly entrara, desconfiada. O envelope parecia relativamente leve. Abriu-o na frente das meninas, todas curiosas em saber o que havia ali. Tirou de dentro dois bilhetes de trem para Lancaster, Lancashire, e uma carta breve:

> *Minha dama, esteja na estação, no horário e data determinados. Irei buscá-la assim que desembarcar em Lancashire. Peço-lhe que seja discreta e não diga a ninguém aonde está indo.*
>
> *Do seu Charles*

Pelas datas de ida e volta, estaria ausente por três dias. Viajaria dali a dois. As meninas estavam em polvorosa:

— Senhora Molly, irá viajar com Charles O'Connor! É uma lua de mel!

— Ele está apaixonado, senhora! É a única explicação!

— Que maravilha, dona Molly! Lancaster, Lancashire!

— Meninas, acalmem os ânimos, por favor. Não se trata de lua de mel. São negócios. Esqueceram que estou "vendida" a ele por trinta dias?

— Senhora, não pode negar: não há outro cliente que a tenha como Charles!

Molly ruborizava. Preferia não conjecturar sobre as motivações de Charles e apenas tentou concentrar-se em como seria administrado o bordel durante sua ausência. Aproveitou o momento para definir quem seria a responsável pelo quê, o que diriam aos clientes que lá chegassem à sua procura, quem não poderia entrar no recinto durante aquele período. Depois voltou para o quarto. Conseguiu disfarçar bem a excitação, mas agora se sentia como uma adolescente! Correu a procurar vestidos, sandálias, sapatos. Colocou-os na cama, observou-os com calma. Arrependeu-se de não ter guardado sequer um dos chapéus que ganhara. Precisaria de um. Separou joias, saiotes, roupas íntimas. Não via a hora de estar a sós com Charles, num outro ambiente, longe de olhares e intrigas. Algo dentro dela gritava que ela sairia muito ferida da história com ele. Charles deixara claro que comprara seu tempo e seu corpo. Tentava da maneira mais angustiante manter tal certeza na mente. "Não posso me apaixonar...", é o que todos dizem quando a paixão já corre solta e virulenta por cada fresta, por cada célula, quando o veneno já eflui de todos os poros. Mas desta vez, não levantou muros.

⚜

À noite, Charles comunicara à esposa, durante o jantar, que viajaria a Lancaster no dia seguinte. Para sua surpresa, ouviu-a pedir:

— Eu poderia acompanhá-lo?

— Mas por que deseja ir? Você sabe que é uma viagem cansativa...

— Bem o sei, Charles. Mas seria uma oportunidade de ficarmos um momento a sós. Talvez precisemos disso...

— E os garotos? – Charles não conseguia disfarçar sua angústia.

— Podem ficar com seus pais. Ou mesmo com os meus.

Charles passava a mão sobre a barba, pensativo. Por fim, disse:

— Minha querida, acho melhor que não vá. Os motivos que me levam a Lancashire são deveras tensos...

— Por isso mesmo, posso te apoiar.

Os olhos de Katherine imploravam. A culpa o asfixiava e Charles pensou em desistir de concretizar a viagem com Molly. No entanto, optou por manter-se firme:

— Katherine, prefiro que fique por aqui, cuidando de nossa casa, de nossos filhos. Quando voltar, podemos programar uma viagem para o nosso recreio, sem compromissos nem tensões. Está bem?

Katherine baixou o olhar, resignada e triste:

— Está bem, Charles.

Terminaram o jantar em silêncio, evitando o olhar um do outro. Ao deitar-se, Katherine logo virou de costas, não escondendo a frustração que sentia. E pela primeira vez, sua mente era invadida por pensamentos de infidelidade. Lembrara-se das cartas sensuais que vinha lendo. Seria tão fascinante encontrar o autor daquelas palavras! Mesmo que não fosse belo como o marido, havia de ser extremamente libidinoso. Amava Charles de todo o coração, mas o coração sangrava, ferido. E quando estamos feridos, sobra coragem e falta bom senso. Excitava-se com a simples possibilidade de descobrir quem era aquele homem e de entregar-se a ele. Depois de muito imaginar, adormeceu.

No dia seguinte, logo cedo, Charles estava a caminho de Lancaster. Teria algum tempo para se certificar de que teria uma casa arrumada, uma cama macia e cheirosa para acolher o corpo adorado por ele. Em sua cabeça se misturavam a tensão relativa ao problema que enfrentaria na fábrica e a ansiedade de estar com Molly, que viria ao seu encontro no outro dia. Um dia inteiro de espera: parecia muito para uma alma envolvida como a dele.

———※———

Molly compartilhava a expectativa. Temia que fossem vistos por alguém. Que fossem descobertos e tudo desmoronasse. Havia comprado algumas peças de vestuário especialmente para impressionar Charles. Teve o cuidado de esconder a barra de ouro e boa parte do dinheiro debaixo do colchão. Ao mesmo tempo, começava a ter dificuldades com alguns clientes aos quais tinha que dizer não. Precisou fingir que se recuperava de um aborto, mesmo correndo o risco de perder clientes. Sabia que era provável que isso ocorresse, mas não conseguia fazer da situação um impedimento em seguir adiante, ao encontro de Charles. Passou o dia anterior ocupando-se, comprando mantimentos, revisando ordens, arrumando e desarrumando várias vezes a mesma bagagem. Estava claramente ansiosa e as mulheres que a acompanhavam divertiam-se com o alvoroço dela. Sequer conseguira dormir à noite. Ouvia os sons no andar de baixo, as risadas, a música, os gritos e gemidos de alguns. Pensou em descer e tomar algo. Talvez trocar alguns beijos. Mas resolveu permanecer no quarto e se manter firme, até o nascer do sol.

Tomou o trem para Lancaster. Suas mãos gelavam e suavam. Observava a paisagem se transformar ao seu redor. Percebia olhares indiscretos de homens das mais variadas idades. Havia escolhido um vestido discreto, mas seu decote e seus cabelos meio soltos atraíam a atenção. Algumas horas depois, desembarcava em Lancaster, no condado de Lancashire. Sua bagagem era um tanto pesada, e por isso ficou parada alguns segundos na estação, à procura de olhos conhecidos. Até que um senhor magro e corcunda se aproximou dela e perguntou, com a voz rouca:

– Senhora Molly?

– Sim?

– Sou Hudson, senhora. Venho buscá-la a pedido do senhor O'Connor.

– Oh, sim. Pois não.

O velho Hudson apanhou a bagagem de Molly e quase a arrastou até o veículo, mais leve e compacto que as carruagens do patrão e dos clientes mais abastados. Em silêncio, seguiram a caminho da residência de Charles. O inverno já se despedia, mas uma ventania gélida ainda soprava no ar. Atravessaram corredores de árvores ressequidas. Apesar da quantidade de indústrias têxteis instaladas no condado, havia paisagens bucólicas. Solitárias. Finalmente, Hudson parou o veículo em frente a um grande portão de ferro. Dava para ver várias árvores e uma casa pequena, mas aparentemente aconchegante e bem-cuidada. Com extrema dificuldade, o velho cocheiro abria e fechava o portão, parando em frente à residência. Tão logo estacionou, apressou-se em descarregar a bagagem e levá-la para o interior da casa pintada de amarelo-claro. Molly avaliava com cuidado os arredores. Viu muitas árvores e um belo gramado. Era fim de tarde e o ambiente estava tomado por uma névoa um tanto sombria. Sentiu arrepios. Desceu do veículo e sua expressão transformou-se em pura alegria ao ver, numa das janelas, o rosto sorridente de Charles a observá-la.

XIII

Em Londres, Katherine aproveitava a ausência do marido para buscar mais informações sobre os escritos. Lisa, agora sua cúmplice, sempre conseguia um novo texto e conjecturava com a patroa sobre quem os escrevera:

— Ouvi uma amiga dizer que um nobre escreveu esses contos para uma prostituta.

— Um nobre?

— Sim, ligado por laços sanguíneos à Coroa.

— Não pode ser... Como um nobre deixaria fluir tais textos sem que fosse descoberto?

— Não saberia dizer, Madame. O fato é que existem várias histórias diferentes circundando as origens destes escritos. A senhora imagina que até algumas jovens distintas e bem-educadas andam lendo-os em segredo em seus círculos de leitura?

— Verdade? — perguntou Katherine, surpresa.

— Sim, senhora. Estão por toda parte. Em alguns cabarés, até os leem em voz alta para incitar a libido dos homens.

— Como sabe de tudo isso, Lisa?

— Ah, venho de uma família humilde, num bairro pobre. Todos se conhecem e dividem histórias que ouvem por aí...

— Entendo... — respondeu Katherine. Ouviu baterem à porta. Era o professor de piano dos meninos. Chegara a hora de voltar à realidade. James Potter, um homem maduro de loiros cabelos e bigode um tanto curto para seu rosto oval, cumprimentou a mãe dos meninos:

— Saudações, senhora O'Connor.

— Olá, James. Entre, chamarei os meninos.

Ela nunca o chamara de James antes.

Naquela tarde, a jovem esposa de Charles reuniria mais uma vez as amigas no jardim. O de sempre: chás, biscoitos, confidências.

— Amigas, soube pela boca de minha criada que os textos que tanto amamos foram escritos por um homem da nobreza para uma prostituta!

Duas delas mostraram-se surpresas. Mas Laura, a mais velha das quatro, parecia discordar:

— Engraçado... Ouvi dizer que haviam sido escritos por um rico empresário.

— Empresário? — perguntou Katherine.

— E para quem os escrevera? — Vivianne completou.

— Não faço ideia. Aliás, sequer imagino se essa história é mesmo verdadeira.

— O que eu não daria para conhecê-lo... — suspirou Katherine.

Cheias de malícia, as amigas a repreenderam:

— Katherine, dobre a língua! Você tem um casamento perfeito, e um marido de ouro!

— É... — concordou ela, suspensa no ar. E continuou: — Charles é um bom marido, mas meu casamento está longe da perfeição. E nós, mulheres, também somos dotadas de necessidades e curiosidades, não acham?

As amigas se entreolharam, pois Katherine deixava transparecer que seu casamento enfrentava alguma turbulência. Ou então ela estava inclinada a arriscar-se por uma fantasia. Decidiram mudar o rumo da prosa, porém os pensamentos de Katherine continuaram ali, como pequenos diabos rondando sua mente e oferecendo-lhe algo além do que já experimentara.

Na segunda manhã em que Molly esteve ausente, as moças receberam outra vez a visita de Albert Miller. Cinco delas vieram até a porta, um tanto apavoradas. Dentre elas, Jane:

— Bom dia, senhoritas. Gostaria de ter uma rápida palavra com Molly...

— Sentimos muito, senhor, mas não é possível — disse Jane.

— Ah... e por que não? — perguntou o velho lobo, desconfiado.

— Ela morreu!

— Ela se recupera de um aborto...

Por azar, Sophie e Jane responderam ao mesmo tempo, aumentando as desconfianças de Albie. Nervosa, Jane tentou consertar:

— Ocorre, senhor, que Molly se recupera de um aborto do qual quase não sobreviveu. Não está recebendo ninguém e não sabemos quando ela estará disponível novamente.

— Entendo...

Ficou parado por longos segundos, encarando as duas jovens. Por fim, disse apenas:

— Por gentileza, enviem meus votos de total recuperação.

— Sim, senhor. Obrigada.

Fecharam a porta. Albert Miller não apenas desconfiava de que se tratava de uma falácia, como estava quase certo de que ele era o único alvo dela. Mas Albie era ardiloso o suficiente para não desistir. Descobriria a verdade, cedo ou tarde. E a usaria contra a prostituta.

※

Em Lancaster, Charles dirigiu-se à fábrica após um farto café da manhã junto a Molly. Ela preparara tudo com esmero. Fizeram amor por horas durante a noite. Cochilavam, acordavam, beijavam-se, uniam-se. Parecia vício, ou doença. Não conseguiam se largar.

Na fábrica, Charles reuniu as dezenas de funcionárias para avisar-lhes de que, em breve, o local seria vendido. A maioria não poderia permanecer no emprego, nem seria realocada. Algumas mulheres choraram, outras bradaram contra o empresário. Charles tentou acalmar os ânimos:

— Infelizmente, o máximo que posso oferecer é uma passagem de ida para Londres, para aquelas que desejarem tentar a sorte por lá.

Charles se expressava com firmeza e evitava olhar para as crianças raquíticas que lá trabalhavam. Sentia-se mal, mas não havia o que fazer. Por fim, Charles preveniu-as de que seriam avisadas com algumas semanas de antecedência e orientou as interessadas em mudar-se para a capital a fim de se cadastrarem com o supervisor. Dizendo isso, saiu debaixo de vaias, lamentos e gritos desconsolados. Temia as revoltas e os acontecimentos futuros, no entanto, torcia para conseguir vender as instalações o quanto antes. Chegou à casa no fim da tarde, com a cabeça prestes a explodir.

– Finalmente! – exclamou ao entrar. Molly estava na cozinha, preparando o jantar do casal.

– Como foi? – perguntou ela, enxugando as mãos.

Charles aproximou-se, aplicando-lhe um beijo faminto. "Molly, Molly... você é minha cura!", pensou ele. Abraçado a ela, contou sobre o ocorrido, e Molly ouviu-o com atenção. Por fim, estampava no rosto uma expressão triste. Perdida. Charles arguiu:

– Que houve, minha dama?

– Não é nada... É que fico pensando que várias dessas mulheres terminarão num cortiço, prostituindo-se como eu. Ou dependendo de caridade, numa época tão amargamente egoísta.

Charles afastou-se, encarando-a. Depois, disse apenas:

– Eu lamento profundamente por elas... mas não há nada que eu possa fazer. Precisamos nos desfazer daquela fábrica. A pobreza de alguns é efeito colateral da riqueza de outros. Elas tiveram sorte por ter tido um emprego, e têm sorte por ter alguém que lhes ceda uma passagem para tentar a vida em Londres. A maior parte dos patrões não tomaria essa atitude.

Molly fitou-o com ironia.

– Então está dizendo que, além de elas estarem agora, neste exato momento, sofrendo pela mais completa ausência de perspectiva, ainda devem ser gratas a você?

Charles a encarou, sério:

– Sim. Devem ser gratas. Você acha que todas as mulheres têm acesso a um trabalho digno?

– Não, Charles. Por isso existem treze prostitutas morando comigo.

– O que insinua? Que devo sentir pena de você?

Molly virou-se, voltando para a cozinha, contrariada. Charles seguiu-a:

— Admito que lamento por essas mulheres, pois elas não têm *escolha*. Nunca tiveram, jamais terão. É diferente de decidir por conta própria prostituir-se, enquanto se pode viver uma vida...

— Digna? — esbravejou ela.

Charles se calou. Mas seu olhar sombrio confirmava o que a fala omitiu.

— Olha aqui, senhor Charles O'Connor: graças à minha falta de dignidade, estou aqui hoje. Graças à minha falta de dignidade, você tomou um bom café da manhã e um jantar ainda melhor o aguarda. Graças à minha falta de dignidade, gozou até a mais completa exaustão ontem à noite! Ou seria graças à *sua* falta de dignidade para com sua esposa? Aliás, como se chama essa pobre coitada?

Charles estava enfurecido.

— Cuidado com o que fala, Madame.

— Ou...?

— Não respondo por mim!

— Não tenho medo de você! — gritou ela, dirigindo-se ao quarto.

— Aonde vai? Deixou panelas no fogo...

— Faça o que quiser! É um homem crescido!

Charles ouviu a porta do quarto batendo. Mais uma discussão entre eles. Decidiu apagar a lenha. Comeu algumas frutas antes de ir para o quarto, no qual Molly jazia deitada na cama, de costas para ele. Despiu-se e deitou ao seu lado. Tocou-lhe o ombro. Nenhuma reação.

— Sei que não está dormindo...

Silêncio.

– Molly, não desejo alimentar tensões entre nós. Esqueçamo-nos disso. Não temos muito tempo...

Silêncio.

– Poderia se virar, por favor?

Ela permaneceu imóvel. Charles começava a perder a paciência.

– Molly, gastei um bom dinheiro por esses dias. Não permitirei que nada atrapalhe, nem mesmo o seu mau humor...

A prostituta sentou-se e começou a despir-se da camisola nova. Se o dinheiro valia tanto assim, iria honrá-lo, mas à sua maneira.

Debruçou-se sobre ele. Não parecia excitada, tampouco amorosa. Charles sentiu-a estimular o membro, que logo estava teso. Começou a gemer, seus olhos fecharam e a agonia aumentava. Molly era perita naquilo: não mudava o ritmo, segurava com firme delicadeza. Pressionava áreas sensíveis. Charles deixou-se levar. E, quando a onda estava prestes a quebrar, Molly parou. Sôfrego, Charles sussurrou:

– Por quê...? Por que você parou?

Molly não respondeu. Ao invés disso, passou a acariciá-lo com a língua e os lábios. Engolia-o. Fixava seu olhar nos olhos dele enquanto sugava-lhe o sexo. Charles voltou a gemer, agora com mais desespero. O prazer que a língua rugosa e úmida de Molly proporcionava era enlouquecedor. Contemplava os cabelos longos da amada espalhados por suas coxas, ventre e virilha. Novamente, o orgasmo se aproximou. O magma vinha à tona. Desesperava-se. Estavas prestes a explodir naquela boca magnífica! E mais uma vez, Molly parou. Charles olhou para ela, inquieto e sem fôlego:

– Molly... Por Deus, por que você parou?

Ela permaneceu em silêncio. Agora, montava sobre ele. Começou devagar, seu corpo subia e descia sem pressa. Charles sentia-se à beira da mais completa insanidade! Aos poucos, Molly aumentou a velocidade. Aprofundava-se, apertava-o. O homem delirava.

Gemia e suava, amargurado. Era como subir uma montanha debaixo de uma chuva torrencial, e sempre escorregar no último passo. Era uma tortura. Ela o cavalgava com fúria, como alguém que sabe exatamente o que faz e onde quer chegar.

Charles implorava:

— Não pare! Oh, minha dama, não pare!

Pela terceira vez, o gozo batia-lhe à porta. Segurava as nádegas da prostituta, afundava-se mais e mais. Fechou os olhos, prestes a inundar o corpo de Molly. De repente, a prostituta desembaraçou-se dele, deitou-se ao seu lado e, virando-lhe as costas, disse com a voz suave:

— Boa noite.

Charles ofegava.

— O quê?

— Estou com sono, desejo descansar. Já prestei o serviço, já honrei seu dinheiro.

Charles pôs as mãos na cabeça, fora de si. Segurou-a pelo braço:

— Escute aqui, sua miserável! Você não fará isso comigo!

— Solte-me, seu verme imundo!

Charles deitou-se sobre ela. Molly fechava as pernas com força, negava-lhe o beijo, socava seu peito. Ele a segurou pelas mãos e por muito pouco não lhe aplicou um golpe no rosto. Estava possuído pelo desejo. Debatiam-se. Chutavam-se. Empurravam-se.

— Saia de cima de mim!

— Não terminei com você!

Charles levantou uma das coxas de Molly e penetrou-a sem piedade. Ela afastava-se, mexia o corpo, tentava apartar-se dele. Quanto mais ela tentava, mais violento ele se tornava. Charles era muito mais forte do que ela. E, àquela altura, ela era uma leoa exaurida presa na rede. Aos poucos, foi se entregando, até deixar que ele a tomasse. De olhos fechados, ouvia o grunhir e o ranger dos dentes de Charles. Queria rompê-la de ponta a ponta! O furor se apossava de seus quadris de tal forma que parecia desejar quebrá-la. E, se possível, destruí-la. Molly começou a gemer, excitada com o touro bravo que a possuía naquela cama. Que lhe puxava os cabelos e a machucava. Que a desejava de maneira desvairada e louca. O prazer lhe invadia. Gozou no homem impetuoso entre suas pernas. Charles desforrava a cama, buscava apoiar-se em qualquer lugar, contanto que não saísse daquele corpo. Nunca mais, se possível. E, finalmente, enterrou-se nela e despejou em suas entranhas o seu caldo viscoso, que parecia não acabar. Gemia nos cabelos dela, e gemia alto. Enfim alcançara o cume da montanha!

Parou de se mover. Permaneceu deitado sobre ela, sem preocupar-se com seu peso. Por fim, se apoiou num cotovelo, olhou para ela, cuja figura estava suada e abatida. Questionou:

– Molly... Por que fez isso? Por que fez isso comigo?

Molly sorriu. E respondeu:

– Porque senti raiva. E quis fazê-lo sofrer.

Por um milésimo de segundo, sentiu-se ofendido. Mas apenas inclinou o rosto e beijou-a com ardor. Apaixonadamente.

O sono os atingiu enquanto estavam abraçados, respirando do mesmo oxigênio até o dia seguinte.

XIV

Molly seguiu para a estação. Charles iria logo depois, para que não fossem vistos juntos. Aqueles dias haviam sido absolutamente inesquecíveis para ambos. Charles guardaria para sempre na memória a imagem da prostituta correndo nua entre as árvores como uma ninfa diáfana. Era feliz na companhia de Molly. E já sentia muita saudade.

Molly também estampava no olhar e no sorriso leve em seu rosto o quanto se sentia feliz. Estava apaixonada pela primeira vez na vida. Ao mesmo tempo, a mente a recolocava no devido lugar, fazendo-a lembrar de que aquela sensação era passageira e que logo ela voltaria a ser a mulher de todos e de ninguém. Sentiu uma ponta de tristeza que tentou espantar para longe. Ela tinha uma vida antes de Charles, e haveria de tê-la depois.

Chegando ao cortiço, logo foi recebida pelas companheiras, todas curiosas e receptivas, para a surpresa de Molly. Não imaginava ser tão querida.

— Senhora Molly, finalmente retornou!

— Como está linda!

— Até engordou um pouquinho! E como está corada!

Todas gargalharam. Molly sentou-se no velho banco da cozinha e pôs-se a retirar da mala as roupas sujas enquanto falava:

— Ah, foi maravilhoso. O lugar é lindo, Charles é um encanto... – suspirou ela.

— Bem dissemos que seria uma lua de mel!

— Parem de fantasiar, vocês! Não há paixão. Não pode haver paixão. É um negócio. Ele é casado, possui a própria família – disse ela, na tentativa de convencer a si mesma.

— Sabemos disso, senhora. Mas sabemos também que a paixão não conhece esses limites...

As mulheres sorriam. Não conseguiam conter a alegria em ver uma delas, Molly em especial, vivendo um sonho que todas gostariam de viver. Molly levantou-se e tentou imediatamente fazê-las parar:

— Muito bem, amigas. Chega. Já divagamos o bastante. Como foram os três dias em que estive ausente?

— Foram tranquilos, senhora.

— Alguém veio à minha procura?

Elas se entreolharam. Jane olhou para Sophie. Ao ver que a pequena jovem não teria coragem de falar, resolveu ela mesma dizer:

— Bem... Anteontem esteve aqui o homem que a senhora proibiu de entrar...

— O que disseram a ele? Ele não entrou aqui, certo? – perguntou Molly, alterada.

— Não, senhora, não entrou. Dissemos que a senhora se recuperava de um aborto...

— Deus do céu, meninas! Não lhes havia dito que para ele eu havia morrido?

– Desculpe, senhora. Ficamos agitadas... Dissemos que a senhora quase morrera, que não sabíamos quando estaria disponível...

Com as mãos na cintura, Molly respirou fundo. Resolveu perdoá-las, pois viu naqueles olhares o sentimento de culpa.

– Tudo bem, tudo bem. Caso ele retorne, diremos que eu não sobrevivi. Entenderam?

– Sim, senhora! – responderam em uníssono.

– Bom. Então, vamos seguir em frente – disse, subindo as escadas até o seu quarto.

Molly não notara, ao entrar no cortiço, um pequeno cabriolé parado a alguns metros de distância. Não percebeu também o homem que a observava. No cabriolé estava o cocheiro de Albert, espiando discretamente a moça chegar. Assim que a prostituta entrou, o empregado trotou rapidamente para a residência da velha raposa.

– Senhor Albert?

– Sim, Jeff?

– Tive sorte, senhor. Pude vê-la chegando com uma mala e adentrando o antro que é sua morada.

Albert encontrava-se sentado numa poltrona em seu ostentoso escritório. Lia um jornal. Ao ouvir as palavras de Jefferson, fechou o jornal e levantou-se, aproximando-se dele e falando em voz baixa:

– Tem certeza? Está certo de que era a mesma mulher?

– Sim, senhor. Longos cabelos escuros, branca, alta. Era a mulher que diziam estar adoentada, exatamente como o senhor descreveu.

Albert caminhava no próprio escritório. Alisava os bigodes, pensativo. Voltou-se ao cocheiro.

– Muito bem, Jeff. Estou orgulhoso de você. No entanto, observarei mais um pouco. Quero ter comigo algumas outras certezas...

— Sim, senhor.

— Muito bem. Pode ir, Jefferson. E mantenha o sigilo.

— Absolutamente, senhor. Com licença.

Albert tinha um plano. E iria executá-lo com muito cuidado.

✦

Charles esteve na casa de Paul antes de seguir até a própria residência. Encontrou o pai ainda acamado e febril, tossindo muito.

— Meu pai, como está abatido...

— Doutor Brown esteve aqui ontem. Não acredita ser tuberculose, mas apenas uma dessas febres que vêm e que passam. — Tossia. Continuou a falar: — E então? Qual o resultado de sua ida a Lancaster?

Charles deu um longo suspiro:

— Bem... Enfrentei maus bocados. Todos se mostraram extremamente insatisfeitos e revoltados, mesmo quando lhes ofereci o transporte para cá. Devemos estar preparados para levantes, meu pai. Devemos vender a fábrica o quanto antes.

— Sim, sim. Creio que conseguiremos efetuá-la já nas próximas semanas. Contanto que a revolta exploda sob a propriedade de outro, não me importo.

Charles ouvia a voz rouca do pai com certo desânimo. Perguntou pela mãe e irmãos antes de levantar-se:

— Meu pai, vou andando. Estou deveras exausto. Voltarei o quanto antes.

— Sim, meu filho. Deus o acompanhe.

Charles observou o velho Paul fechando os olhos. Respirou fundo e saiu.

❦

Enquanto John e Jeremy brincavam no gramado ao sol, Katherine estava no quarto, lendo o último texto que Lisa havia lhe trazido:

Minha dama,
feroz, altiva.
Bela...
Quando penso em ti
sou águia à espreita,
sou taça esperando a última gota
antes de transbordar.
Sou magma aceso subindo à superfície.

Minha dama,
quando penso em ti
sou dez segundos antes de o sino tocar,
sou nuvem escura e carregada,
sou flecha prestes a ser atirada.

Minha flor orvalhada,
quando penso em ti
sou combustível sem comburente,
sou o sol escaldante do meio-dia,
sou o suor escorrendo face abaixo.

Minha branca criatura,
quando penso em ti

não há lógica ou razão,

não há matemática,

não há o racional ou o absoluto,

não há o certo ou o errado.

Minha, minha senhora,

mulher, amante,

quando penso em ti

apenas o meu corpo se faz audível,

e cada poro, cada fragmento entra em polvorosa!

Porque, quando penso em ti,

minha dama,

não há o que haver além do mais impuro e ardente desejo...

Sentada na cama, Katherine apertou o papel contra o peito, como se aquela mísera folha fosse capaz de sentir seu cheiro e aplacar a sua fome. Dia a dia, sentia aumentar a excitação, o anseio e a carência. Dia a dia, a fêmea adormecida e sufocada parecia despertar um pouco mais. Deitou-se na cama, com os olhos focados no teto. Já não suportava aquela falta. Ouviu batidas na porta. Era Lisa.

— Senhora?

— Sim, Lisa?

— A senhora Laura está aqui.

— Estou indo.

Levantou-se, dirigiu-se até a sala e encontrou Laura. Ela havia prometido levar alguns lenços indianos que o marido trouxera consigo há pouco tempo.

— Cá estou, Kate. Você verá que lindos...

— Venha, vamos para o quarto.

Laura desconfiou da atitude espevitada da amiga. Apanhou a bolsa que trazia e seguiu-a.

— O que houve, criatura?

— Ah, minha amiga... Lisa me trouxe mais um!

— Diferente?

— Sim, sim!

Charles descia da carruagem enquanto George trazia sua bagagem para dentro. Lisa não viu o patrão chegar, pois os passos cansados dele eram quase inaudíveis. Dirigiu-se para o quarto. Percebeu a porta entreaberta. Ouviu vozes femininas: sua esposa e uma daquelas amigas pelas quais não nutria muita simpatia. Elas riam baixinho. E então escutou, perplexo, Katherine dizer:

— Amiga, veja o que ele diz:

Minha, minha senhora,

mulher, amante,

quando penso em ti

apenas o meu corpo se faz audível,

e cada poro, cada fragmento entra em polvorosa!

Porque, quando penso em ti,

minha dama,

não há o que haver além do mais impuro e ardente desejo...

— Ahhh, Laurinha, minha irmã... Como queria conhecer este homem... Como queria que Charles fosse assim... sensual e viril...

Charles percebeu que Laura sorria. Com cuidado, distanciou-se do quarto até alcançar a porta do escritório. Abriu-a, fechou-a. Suspirou. Estava em choque!

"Como, como aquele texto veio parar nas mãos de Katherine, Santo Deus?!"

Andava de um lado para o outro, com as mãos na testa, nos cabelos, na barba... Mãos aflitas e inquietas.

"Katherine queria que eu fosse assim? Então não sou viril?"

Era inexplicável, mas Charles sentia-se... traído!

"Katherine deseja um outro homem, então? Que por acaso sou *eu*?"

Sentou-se na cadeira, com os olhos arregalados. Não completava uma linha de pensamento sequer. Tinha as mãos sobre a testa e o olhar aparvalhado quando a porta foi aberta de repente: John e Jeremy entravam como furacões no aposento:

— Pai!!!

— Paiêêê!!!

Correram para o colo de Charles. Katherine, que ouviu os gritos dos filhos, tratou de esconder o papel embaixo do travesseiro. Levantou-se assustada e dirigiu-se ao marido:

— Charles! Chegou que nem vi!

— É, eu... percebi que você tinha visita e... resolvi vir até aqui, organizar umas coisas.

— Como foi a viagem?

— Ótima! Digo, péssima! — Charles gaguejava e nunca parecera tão ridículo em toda a sua vida. Laura apareceu na porta do escritório.

— Olá, Charles! Há quanto tempo não nos vemos!

Os meninos gritavam e rodeavam o pai, que já se sentia tonto:

— É, foi... Fez... Faz muito tempo! Como está o...?

Charles não fazia a menor ideia do que dizia.

— Está bem, anda um tanto preocupado com algumas dívidas. Mas, hoje em dia, quem não tem tal problema, não é?

Charles *precisava* sair dali. Imediatamente!

— Bom, se me derem licença, eu irei me banhar. A viagem foi longa e preciso...

Katherine percebia a ansiedade do marido. Ele suava e tremia.

— Laura e eu estaremos na sala vendo alguns lenços...

— Ótimo, querida, ótimo! Com licença!

Trancou-se mais que depressa no próprio quarto. Olhou para os lados. Procurou na gaveta da cômoda, na pequena mesa ao lado da cama. Nada. Olhou em volta. Percebeu a cama um tanto desarrumada. Jogou lençóis pelo ar até que, embaixo do travesseiro da esposa, encontrou o papel dobrado e amassado. Abriu-o com as mãos trêmulas. Sim, era realmente um dos textos que escrevera para Molly. Mas aquela não era sua letra! Aquela era a letra de Katherine! Ela havia copiado o texto. Mas de onde? De quem?

Estupefato! Era a palavra que definia o belo empresário naquele momento.

XV

Durante o jantar, Charles observava sua esposa em silêncio. Deixou o escrito no mesmo lugar em que o encontrara e fingiu não tê-lo visto. Mas as interrogações atuavam tais quais espíritos malignos rodando sua mente. Lembrou-se de que, durante a festa do casamento de Julie, ouviu de seu pai algo sobre textos obscenos que tomara emprestado. Seriam também de sua autoria? A comida revirava em seu estômago, ameaçando não ali ficar. Decidiu ir para o quarto:

— Com licença, Katherine. Não me sinto muito disposto...

Ela já havia retirado o texto de debaixo do travesseiro e, por isso, estava tranquila.

— Tudo bem, meu marido. Deseja que lhe faça um chá?

— Não. Vou apenas deitar, creio que será suficiente — disse, fechando a porta atrás de si.

Charles matutava de que maneira Kate tivera acesso àquele escrito. Parecia não existir meio discreto o bastante. Sentia-se confuso e quase histérico por dentro. Mesmo não citando o nome de sua prostituta, nem assinando os papéis, ele sabia que aquela era uma exposição excessiva. Ainda não dormia quando Katherine entrou nos aposentos do casal. Ao perceber o marido acordado, ela perguntou:

— Sente-se melhor?

— Um pouco. Creio que estou cansado da viagem e assoberbado com a venda da fábrica.

— Não aceitaram pacificamente, não é?

— De maneira alguma. E eu já esperava por isso. Temo agora que ocorra alguma revolta antes da venda. Prejudicaria nossos planos. Posso até dizer que impediria a conclusão do negócio.

— Concordo... — ela disse, solta no ar. Fez sua toalete, apagou as velas e deitou-se. Virou-se para Charles, que continuava olhando para o teto. Pôs a mão sobre o peito do marido, dizendo:

— Acalme-se. Você verá que tudo ficará bem.

Charles olhou para esposa. Ela era realmente magnífica. Como não conseguia mais desejá-la era algo que ele mesmo não entendia. Recebeu dela um beijo no rosto.

— Boa noite. Descanse.

— Boa noite.

⚜

Dois dias se passaram e Charles foi ao encontro de Molly. Ao chegar, fora reconhecido por Jeff, que continuava à espreita, em busca de mais informações sobre a rotina da suposta "morta-viva", como Albie passou a chamá-la. Era meio da tarde, e um bom tempo depois pôde vê-los na janela, ele sem camisa, abraçando-a por trás, enquanto ela fumava um cigarro. Sorriam, beijavam-se. Charles mordia o pescoço de Molly. Pareciam formar um casal bastante... íntimo. Demorou em torno de duas horas até que

Charles finalmente saísse. Jeff ficara até o anoitecer aguardando. Parecia que a prostituta não recebera ninguém mais naquele dia.

– O filho de O'Connor? – disse Albert, espantado.

– Sim, senhor. O empresário, não o bêbado.

– Sim, sei quem é. Chama-se Charles. E é casado. Muitíssimo bem-casado, aliás.

– Perdoe-me a indiscrição, senhor... mas pareciam bastante próximos.

– Quem mais ela recebeu?

– Durante o tempo em que fiquei observando, apenas ele esteve no andar de cima.

– Mas outros homens entraram?

– Uns dois, sim, senhor. Mas não eram elegantes ou distintos. Pareciam gente do povo.

– Muito bem, Jeff. Irei com você amanhã. E lembre-se: guarde sigilo!

– Sim, senhor. Com licença.

Albie estava sentado e levava uma xícara fumegante de café à boca. "O'Connor... Por isso estava tão incomodado com nossos assuntos no dia do casamento da irmã? Seria um cliente comum ou estaria envolvido com ela?".

De alguma forma, descobriria.

—⚜—

Charles voltou à casa do pai, que já parecia quase totalmente recuperado. Ainda tossia, mas estava bem mais animado. E ansioso:

– Charles, faça suas preces! Amanhã receberei a visita do possível comprador da fábrica.

— Quem é?

— Andrew alguma coisa. Parece entusiasmado.

— É da área têxtil?

— Também, mas está investindo na indústria química e ganhando um bom dinheiro, de acordo com ele próprio.

— Seria um bom destino para o dinheiro que o senhor receberá, meu pai. É o setor que mais se desenvolve...

— Veremos, meu filho. Veremos! Pensarei nisso depois — interrompeu Paul, que perguntou ao filho: — Você estará comigo, não é?

— Sim, meu pai. Diga-me o horário e estarei aqui.

Seria no dia seguinte, no início da tarde, ali mesmo.

※

John e Jeremy terminavam mais uma aula. Katherine aplaudia, fascinada com o desempenho dos filhos:

— Que maravilha, James! Eles estão ótimos!

— Sim, senhora. Eles vêm desenvolvendo uma grande habilidade, Jeremy em especial.

Os garotos corriam para o gramado. Katherine ofereceu um chá para o professor.

— Obrigado, senhora. Mas devo ir...

— Tem algum compromisso?

— Não, na verdade...

— Então me acompanhe num Earl Grey.

O professor parecia acanhado, mas aceitou o convite.

Sentaram-se na sala de piano, frente a frente. Conversaram sobre amenidades, aos sorrisos. Mas sempre que Katherine pronunciava "James", o coração do professor acelerava. Não havia como ignorar uma bela mulher como aquela pronunciando seu nome sem formalidades. E então, ouviu dela:

— É casado, James?

— Não, senhora. Ainda não.

— Pretende se casar?

— Oh, sim. Já estive noivo por dois anos, mas infelizmente não conseguimos levar adiante.

— Tola mulher...

James corou. Baixou os olhos, envergonhado. Ficaram alguns segundos em silêncio, e então o professor fez menção de levantar-se:

— Bom...

— Sabe que eu costumava tocar quando mais jovem?

— Oh... Que maravilha, senhora. É uma excelente atividade.

— Mas estou desacostumada. Creio que não saberia tocar duas notas... — E sorriu.

— Difícil crer que a senhora não tocaria de maneira angelical. A senhora tem belas mãos... Digo, mãos longas, dedos finos.

Katherine encarou-o. James não era atraente. Mas o simples fato de ser cortejada por ele era suficiente para que sentisse o calor tomar seu corpo de assalto. James levantou-se, acabrunhado:

— Devo ir, senhora. Muito obrigado pelo chá e pela adorável companhia.

— Eu agradeço da mesma forma, James.

Ao acompanhá-lo até a porta, Katherine recebeu um beijo suave na mão esquerda. Era bom sentir alguns espaços de si mesma latejarem. Sentir-se desejada. Não era James que ela queria, mas o próprio marido. Ponderava se agia assim por vingança, pelo fato de Charles ter uma amante. Após os choques da raiva e da tristeza, Katherine sentia vontade de viver. Aventurar-se. Queria que Charles a tomasse com veemência. Ávido e esfomeado como o homem que ela lia. Decidiu então que o esposo conheceria, naquela noite, uma Katherine que jamais havia visto antes. Faria com que ele abandonasse a amante sendo a mais quente e sensual das mulheres. Torná-lo-ia tão teso e desvairado que logo se viu personagem dos tais "escritos malditos". Sorriu, maliciosa, chamou os filhos e entrou na casa.

⁕

À noite, Charles demorou-se no escritório, provavelmente preparando documentos para a reunião que teria no dia seguinte. Parecia tenso. Mas Katherine tentou não se deixar desanimar. Assim que Charles juntou-se a ela na cama, ela levantou-se e dirigiu-se ao toalete. Poucos minutos depois, saiu de lá completamente nua, sob a fraca luz de uma vela que ainda restava acesa. Charles olhou-a com espanto.

— Katherine?

Ela nada respondeu. Mesmo porque o nervosismo não o permitia. Ver a surpresa nos olhos dele era intimidante. Devagar, deitou-se sobre ele. Começou beijando-lhe o peito; aos poucos, deixava as mãos correrem atrevidas pelo corpo do marido. Charles estava abismado e incomodado com aquele comportamento, e tentou não demonstrar contrariedade:

— Por Deus, mulher! O que você está fazendo?

— Deixando sair de mim algo que me sufocava há tempos.

Continuou beijando seu torso, afagando sua virilha, provocando-o mesmo que com timidez. Charles não tinha ideia do que fazer: aquela não parecia Katherine em nada! E nem assim sentiu a menor atração. No entanto, a culpa lhe pisava o peito com tanta força que se viu obrigado a deixá-la agir. Deixou que ela o despisse, que lhe beijasse as partes íntimas. Katherine não lembrava em nada a fogosa Molly. Nada daquilo parecia familiar para ela, mesmo com o esforço em permitir-se a interpretação daquele papel. Talvez a sensualidade não lhe fosse intrínseca. Ou os anos de um casamento austero a inibissem. Trêmula e insegura, tentou cavalgá-lo. Sentiu-se exposta. Charles fechou os olhos para não olhar para ela daquela maneira. Era constrangedor. Kat não gemia, apenas sua respiração se tornava pesada. Parecia sentir medo da dor. Não se aprofundava, não se deixava penetrar por inteiro. Seus seios balançavam próximos ao rosto de Charles. Olhou para ele e viu estampada a angústia em seu rosto. Mas nenhum sinal de prazer, ou de excitação. Ficar ereto por si só já havia sido um ato heroico! Katherine parou de mover-se. Tinha os olhos marejados.

– Que houve? – perguntou ele.

– Eu... Eu não consigo! Eu não consigo!

O choro brotou, compulsivo. Saiu de cima do marido, correu para o toalete, trancando-se. Sentia-se impotente, confusa, envergonhada. Sabia que, de alguma forma, havia se violado. Como era amarga aquela sensação. Ouviu Charles bater à porta:

– Katherine? Katherine querida, você está bem?

– Sinto-me péssima, Charles!

– Por favor, abra a porta.

Demorou alguns segundos e a porta foi aberta, desvendando os olhos vermelhos e a expressão infeliz da esposa. Ela havia recolocado a longa camisola. Charles abraçou-a como um pai abraça uma filha, um irmão abraça uma irmã. Não era confortável assistir ao sofrimento da mulher. Tentou acalmá-la:

– Kate, está tudo bem. Você não precisa fazer isso...

Ela o encarou, frustrada:

— Você não entende, não é mesmo?

Quis perguntar o que ela queria dizer com aquilo, mas tinha receio de ouvir a resposta.

Foi em busca de um copo d'água para ela. Mais calma, Katherine passou um longo tempo sentada na cama, com o olhar perdido. Charles não conseguiu dormir. Tampouco conversar. Seu constrangimento era tão forte quanto a frustração da bela mulher ao seu lado.

XVI

No dia seguinte, estavam ambos silenciosos e cabisbaixos. Katherine tentava não pensar no futuro do seu casamento; Charles buscava não se lembrar da noite anterior. Isolou-se em seu escritório até o início da tarde, quando finalmente se dirigiu à casa de Paul O'Connor. Foi até a sala particular do pai, onde ele esperava pacientemente por Andrew, junto a Sebastian e Adam – respectivamente, o advogado e o contador da família. Conversaram durante longos minutos. Paul não disfarçava a imensa ansiedade que o acompanhava, típica de quando se está prestes a resolver um grande problema. Enfim, Andrew apareceu acompanhado também do seu advogado. Iniciou-se uma extensa e cansativa conversa. Propostas, contrapropostas, cigarros, taças de vinho, papéis, números, datas, providências, mudanças, problemas, soluções. A certa altura, Paul dirigiu-se ao filho:

– Charles, me alcance uma pasta esverdeada na gaveta atrás de você.

O filho levantou-se e obedeceu. Abriu a gaveta. Um papel jazia solto acima de tudo que havia nela. Leu a primeira frase e reconheceu-a de imediato! Lá estava mais um dos textos que escrevera para Molly! E, mais uma vez, uma letra diferente, a qual não reconhecia.

— Encontrou a pasta, Charles?

— Sim... – balbuciou. Entregou-a ao pai e voltou a se sentar. Seus textos estavam em todos os lugares.

Discutiram por mais algumas horas. Já era noite quando finalmente fecharam negócio. O pagamento estava previsto para dali a duas semanas, quando a fábrica já estivesse devidamente fechada. Paul estava conformado; Sir Andrew, satisfeito. E Charles... a quilômetros dali.

⊱✿⊰

No cortiço, aquela tarde transcorrera como outra qualquer. Receberam uma nova visita. Um homem maduro queria ver Molly.

— Senhor, a Madame Molly está muito adoentada. Não sabemos quando ela estará disponível novamente.

— Oh... Bem, retornarei um outro dia. Obrigado!

A porta se fechou e o homem direcionou-se ao cabriolé negro, parado a alguns metros dali. Lá estava Albert, esperando Jeff retornar:

— E então?

— Disseram-me a mesma coisa, senhor. Que ela estava adoentada e que não sabiam quando estaria disponível.

— Hum... Então a desculpa não foi exclusiva para mim... Tem certeza de que a mulher que viu pela janela era Molly?

— Não posso dar garantia, pois nunca fomos apresentados. Mas a descrição é compatível com a que o senhor me forneceu.

— Bem... Só poderei ter certeza quando conseguir ver os dois. Agora vamos, meu caro amigo. Este lugar fede!

Albert retornou na tarde seguinte. Não conseguiu flagrar nada que o interessasse. Molly não apareceu na janela. No outro dia, o marasmo parecia repetir-se. Já cogitava vingar-se indo direto a Patrick. Parecia-lhe mais simples do que permanecer parado no veículo em meio à imundície e pobreza daquele bairro. De repente, percebeu uma vistosa carruagem negra aproximando-se e parando em frente ao cortiço. Finalmente Albert pôde ver, sem qualquer sombra de dúvidas, Charles adentrando o bordel. Passou longos minutos observando a janela. "Vamos! Apareçam, seus vermes ordinários!", pensava consigo mesmo. Enfim, Molly, num vestido amarelo, uma das alças caindo-lhe pelo ombro, foi à janela fumar seu cigarro. Viu-a rir e conversar com alguém dentro do quarto. E então, uma sublime alegria tomou conta de Albie quando viu Charles O'Connor juntando-se a ela e beijando-lhe o pescoço. Molly o abraçou de olhos fechados, encostando a cabeça em seu ombro, como uma menina sonolenta no colo paterno. Finalmente estava provado que Molly mentira. E pior: um dos grandes nomes da burguesia londrina estava envolvido com ela. Resolveu aguardar a saída de Charles. Aquela visão renovara suas energias e a sua paciência.

Ao entrar no quarto de Molly, Charles foi recebido com um beijo fogoso de sua prostituta:

– Que saudade... Ah, que saudade... – sussurrava ela em sua boca.

– Minha dama... Cada dia sem te ver não é nada além de insuportável ansiedade!

Despiram-se. Charles deitou na cama, quando Molly lembrou de algo:

– Ah, aguarde um pouco. Tenho algo para lhe mostrar! – Animada, foi até a velha mesinha com o espelho quebrado, pegou uma folha e disse: – Na última semana, as meninas apareceram com uns textos semelhantes ao que você me trouxe naquela vez. Achei que gostaria de ler este.

Entregou o papel a Charles, voltando a deitar-se ao lado dele. O coração acelerou tão logo ela falou dos textos. Imaginava que seria um dos dele. E era. Molly beijava o seu peito e descia até sua genitália, quando o ouviu dizer:

– É, eu... conheço esse texto.

Ela o olhou, surpresa:

– Já o tinha lido? Nossa... Bem que elas disseram que estão em todos os lugares...

Charles sentou-se na cama. Olhou fixo para Molly e confessou:

– Não... Quero dizer que conheço esse texto porque... eu o escrevi.

Molly levou alguns segundos até ter uma reação. Riu.

– Você escreveu isso?

– Sim – disse ele, com um olhar de preocupação no rosto.

– Mas... essa não parece sua caligrafia. Ao menos difere daquele que me entregou...

– Pois é, foi naquele dia que se espalharam como ratos pela cidade! – disse ele, nervoso.

– O que se espalhou pela cidade? Não entendo o que quer dizer.

– Molly... naquele dia, eu trazia comigo uma pasta contendo diversos textos que havia escrito... para você. Escrevi durante o período em que tentei nos manter distantes. Escrevia e me tocava como forma de aliviar-me... – Charles baixou os olhos, envergonhado. Depois continuou:

– Bom, quando saí daqui naquela tarde, a pasta na qual estavam contidos os textos escorregou para fora da carruagem, espalhando-os pela cidade. Não sei ao certo, mas creio que havia mais de sessenta folhas. E todas sumiram.

Molly ouvia a tudo, espantada. Não conseguia crer naquilo.

– Como esse texto pode ser seu? Esta é sua letra?

– Não, mas foi assim que se espalharam. As pessoas passaram a copiá-los umas das outras.

– Como sabe de tudo isso?

– Já vi pessoas conhecidas portando-os. Todos escritos com letras diferentes.

Molly levantou-se, olhando para o texto. Era um escrito erótico e urgente. E extremamente excitante. Olhou para ele:

– Por que os escreveu?

– Porque buscava algum consolo... Você estava invariavelmente em meus pensamentos... Sempre esteve.

Charles estava sentado, nu, na cama de Molly. Ela, nua, em pé à sua frente, com uma expressão assustada e incrédula no rosto. Olhou para o papel:

– Então... escreveu isso... para mim?

– Sim – disse ele, encarando-a.

Molly correu até a mesa. Pegou um outro texto e o estendeu para Charles:

– E este?

Charles leu as primeiras linhas.

– Sim. É meu.

O coração de Molly estava prestes a sair pela boca. Alcançou outro texto:

– Este aqui?

– Também é meu.

– Este outro?

– Molly...

— E este aqui?

Charles levantou-se. Molly tremia e ofegava. Olhou para ela, tentando acalmá-la.

— Molly, ouça com atenção: são todos meus. Eu os escrevi para você e por acidente eles se alastraram. Mas não precisa ficar tão agitada, não cito o seu nome nem o meu em nenhum deles. Acalme-se.

Os papéis tremiam nas mãos da prostituta. Ela olhou para eles e disse, com a voz embargada:

— Você se refere à "minha dama"... É de mim que está falando?

Charles olhou para ela com desejo, carinho, fome, ternura. Tudo misturado. Disse, antes de tomar os lábios dela nos seus:

— Sim, Molly. É você a minha dama. A dama cujo corpo, pele, lábios e saliva me envenenaram de tal maneira que já não venho até aqui ao seu encontro, mas ao encontro de mim mesmo.

Molly deixou cair os papéis. Beijou-o com toda a honestidade. Sem receios de qualquer tipo. Enquanto deitavam, enquanto agarrava os cabelos e cravava as unhas em suas costas, enquanto implorava por mais quando ele já lhe dava tudo que tinha, enquanto suavam, sofriam, gemiam e sorriam, Molly resolveu que iria deixar-se machucar por aquele homem. Decidiu entregar-se mesmo que seu coração terminasse aos pedaços, mesmo que sua alma vagasse sem rumo pelo vale dos abandonados, mesmo que perdesse o gosto pela vida! Ainda assim, ela seria dele. E assim seria enquanto ele a quisesse, onde e como a quisesse. Talvez todos os mortais, em algum momento da vida, sejam obrigados a pular do precipício sob pena de respirar, comer, dormir e acordar sem nunca mais viver. Pensava essas coisas enquanto ouvia os sussurros de Charles. Enquanto se deixava rasgar por sua carne dura e magnífica. Enquanto se deliciava e queimava no fogo intenso, e renascia para incendiar-se uma vez mais, como uma fênix desnorteada.

Após algumas horas, Charles deixou o recinto. Albert esperou alguns minutos. Já escurecia. Logo, os homens viriam, aos poucos, de toda parte. Resolveu ir até lá. Bateu à porta.

— Pois não?

— Quero falar com Molly.

— Senhor, a Madame Molly está adoenta...

— Pergunte a ela se apenas Charles O'Connor possui a cura para sua "doença". Diga-lhe que talvez um senhor chamado Patrick Williams possa ajudá-la a recuperar-se!

A moça o encarava, amedrontada. Albert esperou alguns segundos e ordenou:

— Ande!

A moça entrou mais que depressa, deixando a porta aberta. Albert aguardava na soleira, perversamente satisfeito. Logo Molly desceu as escadas, mordendo os lábios de ódio.

— O que você quer, Albert?

— Fico satisfeito em vê-la plenamente recuperada... — disse ele, cheio de ironia.

— Albert...

— Leve-me ao seu quarto asqueroso.

Molly abaixou a cabeça e deixou-o entrar. As meninas olhavam, perplexas, sem saber o que fazer. E pelo comportamento arredio de Molly, talvez não devessem fazer nada.

Ao entrar, Molly falou:

— Como sabe de Charles O'Connor?

— Tenho meus meios, querida. Parece-me que ele te visita com frequência, não é mesmo?

Observou o quarto revirado. Viu os papéis no chão. Com dificuldade, alcançou um deles.

— Ele anda te trazendo cartas?

— Não, Albert. Esses textos estão pela cidade, as meninas me trouxeram para ler.

Albie começava a tirar o casaco. Molly perguntou-lhe:

— Meu pai esteve aqui. O que sua língua venenosa disse a ele sobre mim?

— Nada demais, minha cara. Apenas contei a meu sogro e amigo a respeito de uma meretriz de baixo nível que proporciona aos pagantes prazeres superiores, visto que não tem em si sequer a sombra da decência. Mas não lhe revelei o nome... – riu Albie, pelo canto da boca.

— Seu maldito... Sabia que ele viria aqui à minha procura...

— Homens são curiosos, não é mesmo?

Completamente despido, Albert espichava-se na cama. Exclamou:

— Vocês devem ter trabalhado duro esta tarde... Os lençóis fedem a suor e cigarro!

Molly sentia-se tonta de ódio. Albie interrogou:

— Vamos? O que está esperando? Deite e faça o seu trabalho!

— Não posso, Albie.

— Você sabe que pode. E que deve!

— Não, é que... pagaram-me para não deitar com ninguém por alguns dias.

Albert sentou-se, interessado na revelação:

— É mesmo? Por isso elas têm dito "não" a todos os que vêm aqui... menos O'Connor. – Sorriu. – Quer dizer que O'Connor pagou-lhe para que você não se deite com mais ninguém?

Terminara a frase com uma sonora gargalhada. Molly permaneceu de pé, encostada à mesa. Acuada e enojada. Albert continuou:

— Então está sendo fiel a um homem cuja fidelidade é prometida a outra mulher, mais bela, delicada e valiosa do que você?

— Negócios, seu velho imbecil.

— Ah, certamente. Mas devo informá-la de que irá quebrar o negócio com ele, pois você bem sabe que posso obrigá-la.

As lágrimas derramavam-se no rosto de Molly. Albert continuou:

— Farei você engolir o meu gozo. Estapearei seu rosto. Farei seu sangue verter dessa sua pele branca. E mais importante: desta vez, você não verá a cor do meu dinheiro. Agora ande! Tire esses trapos que cobrem o seu corpo e deite-se. Já me fez esperar demais.

Molly apenas tirou o vestido, catatônica. E obedeceu.

XVII

Paul decidira reunir alguns amigos em sua casa na noite do primeiro sábado após a negociação da fábrica. Queria festejar. Charles o alertou de que talvez não fosse uma boa ideia, visto que o negócio não estava totalmente concluído. Além disso, a saúde de sua mãe deteriorava de tal forma que ela já não saía da cama. Mas Paul ignorou:

— Ora, mas veja você: estive sempre disposto a fazer tudo ao meu alcance por sua mãe e por vocês e, no entanto, é de mau gosto comemorar uma vitória?

— Não foi o que afirmei, meu pai...

— Não darei uma festa, Charles! Apenas reunirei alguns bons amigos para um carteado, vinhos, queijos, charutos. Nada de mais.

— Como queira, meu pai.

Em casa, à noite, Charles avisou da reunião na casa de Paul dali a dois dias.

— Será um encontro masculino. Provavelmente quer mostrar aos outros ricaços que está em ótimas condições financeiras agora, o que não é verdade...

Katherine estava distraída. Sequer olhou para Charles. Estava ansiosa pela aula de piano dos filhos no dia seguinte.

Durante a aula, James Potter aparentava nervosismo. Suas mãos, sempre tão leves e habilidosas ao tocar as teclas, pareciam enrolar-se como tentáculos. Katherine observava a face tensa de James e imaginava que ela era a razão de tanta insegurança. Era uma sensação lisonjeira e provocante. Ao fim de uma aula capenga, James desculpou-se com os alunos:

– Perdoem-me, meninos. Hoje não estou no melhor dos dias.

Mas John e Jeremy mal esperaram ele terminar de falar e saíram correndo pela casa, para o quarto, para os brinquedos e para o gramado lá fora. Os pequenos estavam mais livres ultimamente, sintoma da ausência mental de Katherine e Charles. James dirigia-se à porta, quando Katherine falou:

– James?

Virou-se.

– Sim, senhora?

– Gostaria de testar minhas aptidões com o piano... De verificar se ainda consigo tocar como antigamente.

– Que maravilhosa notícia, senhora! Será deveras gratificante, estou certo.

Katherine aproximou-se dele, olhando para o chão, fingindo uma timidez que de fato não sentia. Não com ele.

– Bem... Pergunto-me se poderia contar com a sua ajuda... apenas para me dar algumas dicas, me supervisionar...

James tremia. Engoliu em seco. Seus olhos brilharam ao encontro dos de Katherine.

— Senhora... por certo que sim. Quando precisa de minha ajuda?

— O senhor estaria disponível no próximo sábado à noite?

James arregalou os olhos. Katherine apressou-se em explicar:

— Os meninos dormem cedo e meu marido estará numa reunião na casa do pai. Pensei que seria um momento tranquilo.

James permaneceu calado, apreensivo e ansioso. Katherine insistiu:

— Creio que me sentirei mais... à vontade para voltar a tocar sem outros olhares por perto.

Katherine o encarou. Seu olhar implorava. James deveria e poderia resistir. Disse apenas:

— A que horas devo chegar?

— Às nove.

— Estarei aqui, senhora.

Despediu-se, beijando-lhe novamente a mão. Katherine fechou a porta sentindo o coração palpitar e as mãos suarem. Não acreditava que havia sido capaz de fazê-lo, de levar aquilo adiante. Mas contra todas as suas crenças, havia marcado um encontro com James. Resolveu que não contaria sequer às amigas. Era arriscado demais. A partir dali, era uma questão de domar o medo e a ansiedade.

※

No sábado, Charles chegou à casa de Paul pouco antes das nove da noite. Não pretendia demorar-se, pois desejava aproveitar aquele momento para ver sua Molly. Lá estavam os velhos homens de negócios de sempre, bebendo e falando sobre os mesmos assuntos. Charles contava os minutos e segundos para conseguir uma brecha e escapar dali.

Uma hora depois, Paul convidou todos para o escritório, a fim de lhes mostrar a planta da fábrica, os termos do negócio, discutir investimentos. Charles viu a oportunidade. Deixou que todos saíssem, levantou-se e foi colocando o pesado casaco marrom que usava. Foi quando ouviu uma voz atrás de si:

– Que bela fase, não, caro amigo?

Virou-se. Albert Miller postava-se atrás dele, silencioso como a serpente que era, com as mãos para trás. Charles desconversou:

– Sim... Meu pai está animado, apesar de nada ter se concretizado ainda... – disse vagamente, tentando não estender o assunto.

Mas Albert continuou:

– Não me refiro apenas ao seu pai.

Charles o encarou, sério. Permaneceu calado. Albie vagarosamente postou-se ao seu lado:

– Os O'Connor têm feito alguns negócios... interessantes, ultimamente.

– De que diabos está falando?

– Molly. – Charles sentia que levava um soco na boca do estômago. – Sei que você pagou para que ela deitasse apenas com você. Deve ser um investimento valioso, aquela vagabunda. – Charles ofegava. A cólera intoxicava seu corpo e o ar ao seu redor. Albert continuou: – Devo alertá-lo, contudo, que ela não poderá cumprir com sua parte.

– O que está dizendo, seu parasita desprezível?

– Estou dizendo que estive com ela ontem, tão logo você saiu de lá. E que estarei com ela quando e o quanto desejar. Meu caro amigo, não banque o esperto e não interfira em nada.

– Por que você quer ver Molly? Está casado com a irmã dela, não está satisfeito?

— Não desejo aquele resto de mulher. O que desejo é vingar-me! É fazer com que ela sinta na pele a sensação impotente do fracasso! *Aquelazinha* tem uma dívida comigo e irá pagar. Portanto, aconselho-o a não se intrometer. Entende o que eu quero dizer?

— Está cometendo a tolice de me dirigir ameaças? Você é casado e tem uma fortuna para preservar.

— Sim. É verdade — disse ele, dando-lhe as costas. Virou-se alguns passos à frente. — No entanto, não estou prestes a concluir nenhum negócio importante.

Dizendo isso, saiu ao encontro dos companheiros no escritório de Paul, deixando para trás um homem atordoado e formigando de ódio.

❦

Charles ansiava a saída, e Katherine, a chegada. Poucos minutos após as nove, ela ouviu uma batida familiar na porta. Havia checado os filhos três vezes. Separara um vinho e duas taças. O piano estava impecavelmente polido, brilhante. Katherine abriu a porta, escondendo-se atrás dela. James entrou, trêmulo. E antes que pudesse saudá-la, Katherine agarrou-o pelo pescoço e desferiu nele um beijo sôfrego. O pequeno bigode de James lhe era estranho. Não trocaram uma palavra. Por quarenta e cinco minutos, entregaram-se ao desejo mútuo no chão da sala de estar. Luzes apagadas. O vinho e o piano, intocados. Como intocada estava a consciência de Katherine naquele momento.

Charles dirigiu-se ao cortiço. Precisava conversar com Molly. Àquela hora da noite de sábado, o lugar estava lotado. Sophie, um tanto embriagada, abriu a porta:

— Senhor O'Connor! Deus o trouxe até aqui!

— Bom, eu... vim conversar com Molly.

— Senhor, ela precisa. Há dois dias não sai do quarto nem se alimenta. Estamos aflitas! Não sabemos o que fazer, mesmo porque ela nada nos diz.

— Deixe-me vê-la.

Foram empurrando as pessoas pelo caminho. Sophie bateu à porta chamando por Molly:

— Dona Molly?

Silêncio.

— Dona Molly, abra, por favor!

Nenhum movimento. Impaciente, Charles bateu com firmeza na porta:

— Molly, por Deus, abra essa porta!

Ouviram-se os sons da porta sendo aberta. Charles levou um choque ao vê-la: estava pálida, parecia mais magra e seus olhos inchados denunciavam as tantas lágrimas derramadas por ela.

— Molly... Meu Deus...

Ela agarrou-se a ele, chorando muito. Tremia, desesperada. Charles orientou Sophie:

— Traga água e algo para ela comer!

— Sim, senhor.

Tomou-a nos braços e a deitou na cama. Molly agarrava o colarinho de sua fina camisa:

— Não me deixe! Por favor!

— Acalme-se, querida. Estou aqui.

Beijou-lhe as mãos, o rosto, os lábios. Ela parecia adoentada. Sophie entrou no quarto trazendo uma jarra de água e algumas frutas e biscoitos numa cesta.

— Ótimo, Sophie. Pode deixar-nos a sós, sim?

— Sim, senhor – disse Sophie, fechando a porta.

— Charles, eu quero morrer! Não aguento mais!

— Não diga uma coisa dessas, Molly. Não para mim!

— Você não entende! Albert esteve aqui...

— Eu sei! Fui ameaçado por aquele desgraçado!

— Como? – disse ela, surpresa.

— Ele soube que nos envolvemos. E me disse para não ficar no caminho, pois deseja vingar-se de você.

Molly caiu no choro.

— Ele me vigiou! Fez isso até nos ver juntos, pois o proibi de entrar aqui! É intolerável, Charles! Não suporto aquele homem em cima de mim! Prefiro morrer! Já pensei em me atirar desta janela...

— Ouça! Não repita essas palavras! Você não irá atentar contra a própria vida, entendeu? Você não está só, estou aqui também. E tenho certeza de que encontraremos uma saída.

Charles enxugou as lágrimas do rosto de sua dama.

Mais calma, Molly deitou-se sobre o próprio braço, respirando fundo. Disse:

— Que alívio ver você, meu querido. Como é reconfortante o som de sua voz...

Charles beijou-a.

— Também a sua é reconfortante para mim, minha dama.

Abraçaram-se. Molly o puxava pela camisa:

— Deite comigo.

— Minha dama, está fraca. Precisa alimentar-se.

— Por favor... Quero sentir seu corpo... Não precisamos fazer nada demais. Deixe-me senti-lo... Charles...

Charles não resistiu. Jamais resistiria. Despiu-se rapidamente e deitou-se sobre ela. Beijava sua boca de um jeito afetuoso e cálido.

Sentiu a mão de Molly em sua virilha, guiando-o para dentro dela. Penetrou-a do jeito mais suave que conseguiu. Cheirava seus cabelos, sua pele. Sabia que não estava limpa, mas pouco importava. Agarrou o tronco de Molly, afundando-se vigorosamente em seu corpo. Esforçava-se para manter o controle e ir devagar. Não queria machucá-la, mas tão somente protegê-la. Guardá-la em seus braços. Molly gemia e chorava baixinho. Parecia ter acordado de um terrível pesadelo. Queria abraçar a realidade entre suas pernas. Charles era a doce realidade naquele momento. Movimentavam-se devagar. As genitálias acarinhavam-se delicadamente. Sem pressa nem força. Sem fome nem sede. Com vontade de apenas estarem unidas. E mesmo assim, suave como um lago silencioso incrustado entre frondosas árvores, acabaram-se. Foi uma lenta e magnífica jornada até o clímax. Como se os corpos perdessem o peso e flutuassem sem pressa até alcançarem as nuvens. Ficaram quietos por algum tempo, sentindo nada além da mais profunda paz de espírito.

XVIII

Charles chegou em sua residência à beira da madrugada. Estava cansado e preocupado, apesar de carregar o toque suave de Molly no corpo. Atravessou a casa silenciosa e deitou-se sem ao menos banhar o corpo. Sentia-se esgotado. Notou os longos cabelos de Katherine soltos. E úmidos. Katherine nunca dormia de cabelos soltos. E não costumava molhá-los à noite. O estranhamento durou apenas o tempo necessário para que adormecesse.

Pela manhã, após o café, seu pai esteve em sua residência, não muito feliz.

– Explique-me a razão de você ter saído ontem sem sequer dirigir-me a palavra.

Katherine tricotava na sala. Charles resolveu levá-lo para o escritório, a fim de ter mais privacidade.

– Ouça, meu pai – disse fechando a porta –, não estava me sentindo muito disposto. Resolvi sair em silêncio, pois não queria enfrentar o seu pedido para que ficasse um pouco mais...

– Mas é uma falta de respeito comigo você tê-lo feito. No mínimo, não me considera! E esta não foi a primeira vez, fez o mesmo no casamento de Julie, uma ocasião ainda mais vexatória! A sua sorte é que estávamos todos bêbados demais.

Charles permaneceu em silêncio.

O pai insistiu:

— O que há, Charles? Nunca se comportou assim, o que acontece com você? Até Albert comentou que você parecia não estar lá.

— Albert é uma serpente das mais venenosas! Se bem soubesse, não o receberia mais em sua casa!

— Do que está falando?

Charles passou as mãos nos cabelos, como sempre fazia quando se enervava.

— Nada, meu pai. Esqueça.

— Como nada? O que há com Albert?

— Não confio nele. É um velho ardiloso.

— Charles, você tem conhecimento de algo que ignoro? Ou está apenas usando o nome de um velho amigo para desviar de você a atenção? Pois foi você que me decepcionou! Sequer despediu-se de sua mãe, que está num estado lamentável!

— Irei até minha mãe. Sempre fui, meu pai. O senhor bem sabe disto. Aliás, sempre estive com o senhor também! Sempre o ajudei e apoiei, mesmo quando discordava do senhor.

— Está dizendo o que com isso? – Paul alterava-se.

— Estou apenas lembrando-lhe, meu pai.

— Pois é bom que se lembre de tudo que fiz e faço por você, seu moleque mal-agradecido! Você enriqueceu graças às oportunidades e à confiança que depositei em você! Portanto, dobre a língua antes de ousar me enfrentar!

Charles sequer teve tempo de tentar acalmar o pai, que saiu porta afora, dirigindo-lhe a palavra uma vez mais:

— E mais uma coisa: não ouse repetir o que fez ontem. Que tenha sido a última vez, para o seu próprio bem!

Entrou na carruagem e saiu. Charles nem ao menos tentou impedi-lo. Não havia como explicar-se. Notou que Katherine continuava tricotando, em silêncio, sem lhe fazer qualquer questionamento. Charles apenas trancou-se no escritório. Deixou-se cair na cadeira e os pensamentos implodiam em sua mente: Albert, seu pai, sua esposa, Molly... Como poderia proteger Molly?

Honestamente, não sabia.

※

Antes Charles tivesse realmente visitado a mãe no sábado, pois na manhã da segunda-feira recebeu de um mensageiro de seu pai a notícia do falecimento de Rachel. Charles não conseguiu reagir. Dirigiu-se, junto com Katherine e os gêmeos, à casa do pai. Muitos já estavam lá para prestar homenagens à matriarca dos O'Connor. Inclusive Albert Miller e sua esposa, Miranda. Dirigiu-se ao caixão negro onde repousava o corpo inerte da mãe. Ela mais parecia um esqueleto com pele. Mesmo de olhos fechados, sua expressão era de puro sofrimento. Foi então que as lágrimas lhe caíram mornas dos olhos. Chorava como criança, por pena, impotência, raiva, dúvida. Tristeza. Seus irmãos se aproximaram, tentando confortá-lo. Sabia que a mãe não mais sofreria a partir daquele dia fúnebre. Uma certeza que ele não tinha para si mesmo.

Albert manteve-se distante. Katherine e os gêmeos postaram-se num sofá mais afastado desde que chegaram. Os meninos estavam inquietos. Ela mantinha o olhar baixo e parecia um tanto ansiosa. Parecia querer sair de lá o quanto antes. Tanto que, duas horas depois, aproximou-se de Charles e falou:

– Querido... vou pedir a George que leve a mim e aos meninos para casa. Eles estão inquietos e hoje terão aula de piano. Devo estar lá para receber Ja... o senhor Potter – gaguejou ela. Charles notou a esposa trêmula. Imaginou que estivesse pouco à vontade naquele ambiente.

– Sim. Tudo bem. Retornarei mais tarde.

– Até mais – disse ela, beijando a face do marido.

Paul permanecia sentado em sua poltrona. Conversava com os presentes, demonstrando tranquilidade e resignação. Mas seus filhos sentiam-se desolados. Julie vomitara três vezes, levantando suspeitas de que estaria grávida. Charles pensava na mãe. Lembrou-se da infância, das histórias que ela contava. Lembrou-se de como ela insistia que ele penteasse os cabelos para trás. Lembrava-se das missas, dos saraus na casa dos O'Connor. Lembrou-se das lágrimas que ela derramou quando Charles casou, pois o filho mais velho saía de casa. Tinha pena da mãe. Sabia que ela levara uma vida confortável, mas austera. Paul sempre fora um homem impaciente e exigente, e lembrava-se de ver sua mãe chorando pelos cantos diversas vezes. Não lhe era estranho que tudo tivesse acontecido daquela maneira. Rachel fora apenas mais uma mulher abastada inserida em seu contexto. No entanto, conhecer Molly, sua alegria e leveza, suas gargalhadas, sua aparência jovial, sua liberdade, sua vivacidade incomum o fazia pensar. Bastava conhecer uma mulher feliz, realmente feliz, e desvendava-se também a potencial infelicidade de tantas outras. Mesmo opulentas, finas, perfumadas, protegidas, anjos do próprio lar, muitas não poderiam jamais correr nuas entre as árvores, como sua dama fazia. E se deu conta de que gradativamente o lucro e os negócios perdiam espaço e atenção para as mulheres. Para uma mulher. Para o sexo, a paixão, o ciúme, a saudade. O descontrole e o ódio. Ali, entre sussurros e soluços discretos, Charles repensava a própria vida.

Após algumas horas, Charles resolveu ir até sua casa se refrescar e descansar um pouco antes do funeral. Sua cabeça latejava! Ao descer da carruagem, viu os filhos correndo no gramado, sob os olhares de Lisa.

– Onde está Katherine?

– Está na sala com o senhor Potter, senhor.

Contrariado com a presença de um estranho, adentrou sua residência. Queria repousar em silêncio. Estranhou ao ver o piano com a tampa levantada, mas a sala vazia. Dirigiu-se ao quarto. Prestes a girar a fechadura, ouviu sussurros. Risadinhas. Gemidos. Girou a maçaneta. A porta estava trancada.

– Katherine? – chamou ele, batendo à porta.

Sua esposa e James apalpavam-se de pé, ao lado da porta. Katherine gelou e empalideceu tão logo ouviu a voz grave do marido.

– Katherine? Pode abrir esta porta, por favor? – falou ele, elevando o tom de voz.

Ela tremia. Começava a chorar. James fechou a calça e correu, desesperado, de um lado para o outro, tentando decidir o que fazer. Se pulasse a janela, decerto seria visto pelos vizinhos. Pensou em esconder-se embaixo da cama. Ou no banheiro.

Charles agora gritava:

– Ordeno que abra esta porta agora!

Katherine, com os joelhos sacolejando de medo, fez menção de abrir a porta. James a segurou pelo braço e falou em seu ouvido:

– Está louca? Ele não pode me ver aqui! Serei morto!

– Ele já nos ouviu, James – disse Katherine. Sua voz estava triste, mas tranquila. Parecia resignada em ir para a forca, pois outra saída não havia.

Katherine abriu a porta. Pôde ver, ao fim do corredor, Jeremy, John e Lisa, atraídos pelos gritos de Charles. Encarou o marido.

Atrás dela, James Potter. A jovem esposa não podia esconder a enorme vergonha que sentia naquele momento. Charles olhou para James e, tentando controlar o ódio que fervia o seu sangue, falou:

– Senhor Potter, dirija-se para fora desta casa imediatamente.

O professor não teve coragem de proferir qualquer palavra. Assentiu com a cabeça e retirou-se, suando em bicas. Em silêncio, pegou as luvas, o casaco e saiu.

Charles ordenou:

– Lisa, leve os meninos para o quarto.

Mais que depressa, a criada pegou os pequenos pelas mãos e retirou-se. Charles voltou o olhar na direção de Katherine. Ela chorava, soluçava de cabeça baixa, sentada na cama. Sentia a dor terrível da desonra pesando em suas costas. Mas seu marido estava, naquele momento, tão fortemente alterado e abatido que optou pelo silêncio, sem esconder em sua expressão o nojo e o desprezo que sentia pela própria esposa. Fechou a porta do quarto e foi banhar-se, ouvindo a todo tempo os soluços de Katherine.

Charles cogitou não comparecer ao funeral de sua mãe, tamanho o abalo. Mas ainda tinha em mente a discussão que travara com o pai no domingo, portanto se esforçou. Katherine e os gêmeos não o acompanharam. O esposo e a esposa sequer se olharam nos olhos durante todo o resto do dia. Ela, por ser flagrada durante o ato infame do adultério no dia em que sua sogra havia falecido. Ele, por se sentir enojado. A jovem esposa enfrentaria a partir daquele dia a maior aflição de sua vida. Temia que Charles quisesse o divórcio, ainda que se sentisse envolvida por James. Sua carência era uma porta escancarada para quem quisesse mergulhar no seu íntimo. Era mais uma esposa frágil e dependente, e ser abandonada por infidelidade era algo que não suportaria. Charles não estava aberto ao diálogo naquele dia nem nos dias que se seguiram. Um silêncio constrangedor os acompanhava nas refeições e Charles invariavelmente trancava-se em sua sala particular, ou saía sem dar-lhe explicações. As aulas de piano dos filhos foram suspensas. Mas, em segredo, Katherine recebia de James pedidos de desculpas e bilhetes apaixonados.

Uma semana depois do falecimento de Rachel, a venda da fábrica seria finalmente concretizada. Para tanto, o filho mais velho de Paul deveria ir a Lancashire três dias antes para certificar-se de que as instalações estariam prontas para serem entregues ao novo proprietário. Passou pela sua cabeça a ideia de levar Molly consigo, mas foi impedido pela prudência que o momento exigia. Melhor seria visitá-la antes da viagem. Conseguia manter certa constância nos momentos com Molly, mesmo que por vezes fossem minutos fugazes. Especialmente após descobrir a traição da esposa, sentiu-se mais livre, além de preocupado com a ameaça de Albert. A prostituta parecia mais frágil e insegura do que de costume, e Charles sabia que Albie era o responsável por isso. Se Molly tentasse qualquer coisa contra si mesma, Charles faria Albert sangrar pelo pescoço.

Na tarde anterior à viagem para Lancashire, Charles e Molly conversavam na cama, com as pernas entrelaçadas. De repente, ouviram palavras exaltadas no andar de baixo, os barulhos de diversos pés subindo as escadas e, finalmente, batidas na porta. Molly podia ouvir Jane gritando: "O senhor não tem esse direito!!!". Como resposta, ouviu: "Tragam aqui a polícia e veremos quem será levado!". Molly sentou-se na cama. Tremia. Era Albert. Batia na porta insistentemente. Charles pôs-se a se vestir. Ordenou:

– Vista-se, Molly.

– O que vou fazer? – disse ela, com os olhos marejados.

– Você não fará nada. Ficará quieta, apenas.

As batidas se tornaram mais frequentes. As prostitutas desfiavam um rol de xingamentos contra o invasor. Charles terminou de abotoar a camisa e abriu o ferrolho. Molly levou as mãos ao rosto, apavorada.

XIX

Albert encarou Charles. Por milésimos de segundos, o olhar do velho transmitiu indiferença. E, logo depois, total desconcerto. Mas rapidamente retomou a pose superior e vil:

– Ora, mas que surpresa... interessante. Não sabia que estava ocupada, Melinda.

– Ela não está – respondeu Charles, secamente. Cruzara os braços e se afastara ligeiramente da porta, dando espaço para que o velho entrasse.

– Não quero atrapalhar o seu momento, caro amigo...

– Não atrapalha, Albert.

– Voltarei mais tarde...

– Devo discordar! – vociferou Charles, agarrando-o pelo colarinho de seda e empurrando-o contra o chão. As meninas gritaram, Molly emudeceu. Recuou até a parede, como se quisesse ela mesma defender-se da brutalidade de Charles. Nunca o vira tão selvagem. Desferia socos no rosto de Albert, no nariz, no centro do olho. Sua boca logo começou a sangrar. Molly correu para segurar um braço de Charles:

— Pare, Charles! Vai matá-lo!

— Seu verme, canalha! Não ponha mais os pés nessa casa! Não ouse sequer imaginar tocar Molly novamente! Arranco a sua língua asquerosa e jogo-a na sarjeta para os cães fazerem bom proveito da sua carcaça!

Foram sete fortes pancadas. Molly gritou:

— Pare, Charles! Pare agora!

Charles ofegava, um dos joelhos apoiado no chão. Soltou a camisa de Albert, já ensanguentada. O velho, muito vagarosamente, virou-se de lado, tentando respirar, nariz e boca congestionados pelo vermelho. Charles levantou. Sentia-se tonto. Tremia convulsivamente e passava a mão no cabelo. Ainda queria muito espancá-lo. Foi até a janela, para tentar recuperar o fôlego. As meninas, amontoadas na porta, observavam o corpo de Albert caído, ouviam o som angustiante de quem tenta respirar desesperadamente. Ele se engasgava com o próprio sangue. Molly tinha os nervos à flor da pele. Resolveu que precisava tirá-lo dali.

— Meninas... levantem-no e levem-no para baixo...

— Devemos cuidar dos ferimentos, senhora?

— Não! — respondeu Charles. E completou: — Miranda certamente possui curativos. Não é mesmo, caro Albert?

As garotas olharam para Charles, assustadas. Depois voltaram-se para Molly, buscando nela alguma orientação. Por fim, ela falou, hesitante:

— Apenas o levem para baixo... e ajudem-no a sair.

— E que seja em definitivo, se ele quer manter a traqueia intacta.

Molly não acreditava no monstro em que Charles se transformara. As meninas juntaram forças para apanhar o velho semiconsciente. O sangue pingava do nariz e da boca enquanto era arrastado para fora dali. A porta se fechou. Molly sentou na cama, em choque. Charles voltou a apoiar-se na janela. Viu quando as meninas o deixaram na porta, trôpego e desorientado, mas logo foi auxiliado por Jeff, que o aguardava do lado de fora. Voltou-se para Molly, que tinha a cabeça baixa. Não chorava mais. Apenas olhava para o sangue no chão do quarto.

– Molly?

Ela não se mexeu. Não levantou os olhos. Nada.

– Molly?

Nenhuma reação. Aproximou-se dela:

– Molly, eu...

– Você... poderia tê-lo matado... Charles.

– Ora, não exageremos.

– Charles... ele é velho! Você deve ter quebrado o rosto dele...

– Eu devia ter feito pior! – Charles respondeu, rispidamente.

– Não percebe? Ele irá buscar vingança, Charles! E serei eu o alvo!

Charles andava de um lado para o outro. O sangue esfriava e ele se dava conta das possíveis consequências. Sentou-se e baixou a cabeça. Tentava encontrar uma solução, mas não havia meios de se concentrar naquele momento. Percebeu que Molly estava apavorada. Sem pensar, disse:

– Vamos juntos a Lancashire.

– Como?

– Amanhã. Providencio tudo. Ficarei três dias por lá, é um período seguro...

– Não posso fugir, Charles! E não posso deixar as meninas...

– Você não tem escolha, Molly! Elas ficarão bem, contanto que você esteja longe! Se você será alvo da ira de Albert, quem lhe acompanhar estará ameaçado!

Molly tremia por inteiro. Quando as coisas ficaram tão complicadas? Charles ajoelhou e implorava, encarando os olhos castanhos de sua dama.

— Molly, você precisa vir. Não posso deixar você. Não posso sequer imaginar que aquele homem volte e te faça algum mal. Eu... o mato! Sei que o mato! E não quero me deixar alcançar esse ponto tão extremo. Ajude-me. Ajude-me a te ajudar!

Molly respirou fundo. Encarou Charles. Disse apenas:

— Não posso, meu querido. Não desta vez. Não fugirei mais. Enfrentarei o que contra mim for atirado. Pouco tenho a perder. Que minha ínfima liberdade seja a última das perdas.

Charles ficou de pé. Não conseguia esconder o quanto estava aborrecido. Apelou para a chantagem:

— Lembra que fizemos um negócio? Cumpra com sua parte e obedeça, para seu próprio bem!

Prontamente, Molly buscou embaixo do colchão a barra de ouro e o dinheiro que restava, despejando tudo em sua cama.

— Tome. Leve de volta. Isso te pertence. Eu não.

Ele apenas recolheu suas peças de roupa e saiu porta afora, furioso.

Molly não tinha ideia do que faria a partir dali. Sentia muito medo do que Albert poderia fazer. A única certeza era a de que não mais se esconderia. Se a prostituição havia sido uma escolha, deveria arcar com as consequências. Um dia, seu pai fatalmente descobriria a verdade.

⊰❦⊱

Charles resolveu retornar o mais cedo possível. Assim que chegou a Lancaster, dirigiu-se à fábrica. Algumas famílias já haviam se mudado para Londres, outras permaneciam na tentativa de driblar a miséria tanto quanto possível. As instalações pareciam razoavelmente preservadas. Ele notou que algumas máquinas haviam sido quebradas, provavelmente pela revolta das trabalhadoras, mas nada que desviasse a rota da negociação. Andrew, o comprador, já havia verificado as instalações dias antes. No dia seguinte, Charles faria uma minuciosa avaliação. Com sorte, gastaria apenas dois dias naquela viagem e tudo daria certo.

Mas a sorte é escorregadia e traiçoeira. Charles demorara a conseguir dormir, tenso. Pensava todo o tempo em Molly, e nos danos que teria causado a Albert. E se ele resolvesse denunciá-lo? Prendê-lo? Aquilo podia facilmente transformar-se num escândalo de proporções inimagináveis. Suas pálpebras fecharam pela força do cansaço, mas sua mente não dormia.

Poucas horas depois, ouviu fortes pancadas na porta do quarto. Dormia sozinho, na mesma cama que dividira com Molly. Acordou com os berros de Hudson:

– Senhor! Emergência, senhor!

Abriu a porta, atordoado:

– O que há, homem de Deus???

– Incêndio, senhor! Incêndio!

– Incêndio?

Hudson suava e gaguejava. Estava desesperado.

– Acalme-se, velho! Explique o que está acontecendo. Que incêndio? Onde?

– Na... na fábrica, senhor. A fábrica que vendeu, senhor. Está em chamas!

Charles não conseguia acreditar. Hudson devia estar enganado. Estivera na fábrica naquela noite, tudo parecia correto. Como poderia ter de pegado fogo?

Vestiu-se com rapidez e seguiu em sua carruagem até a fábrica. Era madrugada, os primeiros raios de sol ainda não despontavam no céu. A poucos quilômetros, viu a fumaça negra originada pelo fogo que se lançava a uma altura preocupante. Percebeu, sem chão, que era verdade o que o velho dizia. A fábrica consumia-se numa visão infernal. Quis chorar, mas o choque o paralisava. Desceu, quase caiu da carruagem. Muitos moradores observavam o espetáculo das chamas amarelas e vermelhas engolindo as paredes e o teto. Ouviam-se os estouros dos vidros quebrando. Aos poucos, partes do teto cediam e caíam. As paredes, as janelas, as portas. De todas as frestas as labaredas escapavam vitoriosas.

Não havia muito o que fazer, pois o mecanismo disponível para deter o fogo era ainda muito lento, pesado e quase inútil. E sabia que não podia contar com a ajuda da maioria dos espectadores, pois muitos deles tiveram suas vidas dilaceradas pelo desemprego gerado após a venda da fábrica. Bastou-lhe observar, durante horas, até que a escuridão cedesse à clara luz do dia.

O fogo pôde ser controlado apenas à tarde. Controlado em termos, pois as chamas desapareciam junto a tudo aquilo que consumiam. No fim da tarde, restavam apenas partes de paredes ainda de pé, fios retorcidos, máquinas derretidas, cacos de vidro. O algodão virara fumaça, e certamente fora um excelente combustível para que as chamas se perpetrassem noite afora. Quando conseguiu se aproximar do que restara das instalações, pôde ouvir o crepitar de algumas brasas ainda acesas. Tudo destruído. Em algumas horas, anos de vida e trabalho restavam mortos. Hudson levara o recado a Paul O'Connor ainda ao alvorecer. Já era noite novamente quando o velho retornou enfim a Lancaster. Sem Paul.

– E meu pai? – perguntou Charles, sem entender.

– Meu senhor, o seu pai pareceu chocado. Mas disse-me que te esperaria em Londres. Estava deveras abatido.

Charles estranhou a reação num primeiro momento, mas imaginou que o pai devia estar sentindo o peso de tantas notícias terríveis em tão pouco tempo. Perguntou:

– E Andrew? Foi avisado?

– O seu pai disse-me que sim, senhor. Pediu ainda que retornasse o quanto antes.

– Estarei de volta amanhã cedo. Não há mais o que fazer aqui.

Charles passou a noite pensando em que providências tomar para proteger as duas fábricas, ainda que fossem maiores, mais novas e, portanto, mais bem preparadas para eventos como aquele. Pensava também em como aquilo poderia ter acontecido justamente um dia antes da entrega. Teria sido fatalidade ou uma tragédia tramada por alguém que não queria ver o negócio concretizado? Ou melhor: alguém que desejasse prejudicar Paul? Ou ele mesmo? Teria sido vingança das mulheres desempregadas? Ou ato de uma única pessoa? Logo Albert vinha à sua mente. Encheu-se de ódio ao imaginar que Albert poderia estar por trás daquela desgraça. Mesmo desfigurado, o velho tinha poder suficiente para armar uma sabotagem como aquela. Mas como poderia saber ao certo?

De fato, a noite passara sem que sentisse, tão absorto e perplexo que estava diante dos acontecimentos fortuitos.

XX

Início da tarde. Grande parte das mulheres do bordel descansava no interior do estabelecimento. Molly penteava os longos cabelos de Sophie, enquanto conversavam amenidades no andar de baixo. Charles havia viajado com destino a Lancaster na manhã do dia anterior, e todas ainda lembravam o violento ato contra Albert:

— Será que ele está bem?

— Velho do jeito que é...

— Acredito que o senhor O'Connor tenha quebrado alguns ossos da face. O lado esquerdo parecia afundado...

— Eu acho que mereceu. Velho intrometido.

Molly ouvia calada os comentários, enquanto finalizava uma trança nos cabelos dourados da jovem. Escutaram fortes batidas na porta da frente. Molly gelou. Pressentia algo de muito ruim. Levantaram-se todas do chão, onde estavam sentadas sobre algumas almofadas. Ninguém falava nada. Todas ouviam o barulho de vozes masculinas fora do bordel. Finalmente, Molly pediu, trêmula:

— Jane... vá ver quem está aí.

Pareciam perceber que algo grave estava para acontecer. Eram batidas autoritárias e vozes que nenhuma delas reconhecia. Mal a porta fora aberta, três homens fardados entraram na casa. Três policiais.

— Mandado de prisão contra Melinda Scott Williams.

Molly sentia-se prestes a desmaiar. Era toda medo e pavor. Nenhuma delas se pronunciou. Um deles, trajando um bigode ruivo, repetiu com a voz grave:

— Quem é Melinda Scott Williams?

Molly respondeu em voz baixa.

— Sou eu, senhor policial.

Ele fez um gesto para os outros dois, que se dirigiram a ela, agarrando-lhe os braços com truculência. As outras se davam conta do que acontecia. Umas choravam, outras pediam para que não a levassem. Ao sair, Molly viu-se exposta à maior das vergonhas que já atravessara em toda sua vida: os vizinhos nas portas e janelas, observando com aprovação o momento humilhante. Logo atrás do veículo policial, uma carruagem negra. E viu descerem dela, perplexa, Patrick Williams acompanhado de Albie, totalmente desfigurado, o rosto coberto por curativos e até mesmo algumas suturas. Patrick aproximou-se dela. Olhou-a com desprezo e rancor. Disse apenas:

— No que você se transformou?

Albert permanecia em pé, junto à carruagem. Um observador vitorioso.

Molly baixou a cabeça. Chorava e soluçava. Como era triste e vergonhoso reencontrar-se com o pai daquela maneira. Levantou a cabeça, sem coragem de encará-lo. Balbuciou:

— Meu pai...

Patrick golpeou o rosto de Molly com a palma da mão. Fulminava de ódio.

– Nunca mais se atreva a dirigir-se a mim dessa forma! Você não tem um pai! É apenas uma mulher indecorosa e desprezível que espero nunca mais ter o desprazer de ver em minha frente. Rogo que a doença lhe corroa o corpo como a decepção me corrói a alma neste momento! – e, dirigindo-se aos policiais, disse, raivoso: – Levem-na! Levem essa cadela para o canil ao qual pertence!

Virou-se de costas e caminhou rumo à carruagem. Ouviu aplausos e gritos animados: "Fora, rameira!", "Imunda!", "Cadela asquerosa!". A face da prostituta ardia. E as lágrimas lhe queimavam a pele.

Foi jogada numa cela nauseabunda junto a outras mulheres, algumas delas muito velhas. Choravam, gritavam, gemiam de dor e desespero. Estavam ali por furto, prostituição, por causar "desordem". As acusações eram tão variadas quanto pífias. Todas ali eram pobres e abandonadas. Muitas delas tinham os corpos cobertos por feridas, algumas eram picadas de insetos não tratadas. O mau cheiro era terrível! E a ração que lhes era dada, tão repugnante quanto o lugar. Molly sentara no chão duro e frio. E pôs-se a chorar. Uma tristeza lancinante abria-lhe o peito e arrancava-lhe qualquer esperança de sair dali. Pensava nas companheiras. Na vergonha ao ver o próprio pai. Na mais completa aversão a Albert. Ele era o responsável por tudo aquilo. Agora, já não sabia o que dela seria feito. E pensou em Charles. Junto à bela imagem de seu rosto, o desespero veio até ela, inexorável. Sabia que não o veria nunca mais. Estava tudo acabado, por fim.

⚜

Ao retornar para casa, cansado e temeroso, Charles ouviu apenas o silêncio. Não fora recebido pelo escândalo infantil dos filhos.

Entrou com lentidão. E logo viu, em sua sala de estar, seu pai sentado com Katherine, terminando uma xícara de chá. Lançou ao filho um olhar sombrio:

– Que bom que chegou, enfim. Temos muito o que conversar.

Katherine olhava para as próprias mãos. Sequer cumprimentou o marido. Apenas permaneceu cabisbaixa e silenciosa. Paul levantou, dirigindo-se ao escritório do filho. Charles acompanhou-o. Entrou por último, fechando a porta atrás de si. Paul foi até a janela. Ficou em silêncio, de costas. Charles estranhou o comportamento soturno e arredio do pai. Resolveu engatar a conversa:

– Meu pai... precisamos discutir o que será feito agora. Nada se pode aproveitar da fábrica, virou cinzas...

– Precisamos mesmo discutir, Charles – interrompeu Paul. Virando-se para o filho, completou: – E iremos discutir.

Charles não entendia. Ou fingia não imaginar os motivos pelos quais seu pai agia com aquela raiva latente. Paul aproximou-se do filho. Encarando-o, perguntou:

– Charles... quero que me responda de maneira direta, sem subterfúgios de qualquer natureza: é verdade que atacou Albert para defender uma prostituta?

– Como soube?

– Apenas responda! – respondeu Paul, extremamente alterado.

Charles olhou para o pai, sério. Cruzando os braços, respondeu:

– Sim. É verdade.

A raiva subiu à cabeça de Paul de tal forma que o soco saíra desajeitado, mas vigoroso. Gritou até o fôlego esvair-se por completo:

– Como teve coragem? Como chegou a esse ponto? Depois de tudo que fizemos, da educação que lhe demos, como pôde engraçar-se com uma rata cheia de moléstias e pôr toda a boa imagem de nossa família em risco? Como ousou espancar um velho como

Albert, um amigo de confiança, quase um irmão? E trair a sua mulher? Uma joia como Katherine, bela, dedicada, boa mãe, boa esposa? O que tem na cabeça, seu estúpido? Como pôde esfaquear meu peito dessa maneira logo após a perda de sua mãe? De perder minha fábrica? O início de tudo? Seus irmãos nunca me deram grandes alegrias e orgulhos, mas ao menos nunca me fizeram engolir tão amargo fel!

O branco dos cabelos e do bigode contrastava com a cólera vermelha estampada em sua pele. Afastou-se e sentou na cadeira do filho, exausto. Charles permanecera de pé, um dos lados da face marcado pela mão firme de Paul. Buscava respirar fundo. Possuía nos lábios uma infinidade de argumentos contra as palavras do pai. Mas calou-se, covardemente. Baixou a cabeça para, após longos segundos, sentar-se no lado oposto da mesa, em frente ao pai. Estava pronto para ganhar ou perder. Falou vagarosamente:

– Meu pai... Sei que não há como mensurar o ódio e a decepção que o senhor sente a meu respeito. – Apoiou-se na mesa e partiu para o ataque. – No entanto, não há mais volta. Estamos no meio do oceano, atravessando a pior das tempestades. Qualquer movimento poderá ser o derradeiro...

– Poupe-me de suas metáforas!

– Estou dizendo que o senhor precisa de mim agora. Mais do que nunca! E não mudarei minha postura quanto a Molly. Aliás, o que achou dela? É tão suculenta quanto acredito que é?

– O que está dizendo, seu...

– Eu sei que o senhor se encontrou com ela!

– Disse-lhe eu mesmo, seu fedelho!

– E sei que foi até lá novamente! E ela não o recebeu porque pedi! Eu pedi a ela que não se deitasse mais com o senhor! Porque não suportaria dividir com meu próprio pai a mulher que me escravizou como nenhuma outra!

— Você a está defendendo? Está mesmo cometendo esse abuso sem o mínimo pudor?

— Digo-lhe que não abro mão dela. Não importa o que aconteça. Estou pronto para muita coisa, mas não para isso. Entende? O senhor, meu pai, precisa tomar uma decisão. Se quiser contar com meu apoio indispensável neste momento, fingirá que nada sabe. Levarei Molly para outro lugar, devotarei meus cuidados a ela de maneira discreta, mas fiel. E tudo continuará como está. Encontraremos juntos uma saída para a terrível tragédia que se abateu sobre nós. Prometo dedicar até meu último sopro de vida a auxiliá-lo, meu pai. Dou-lhe minha palavra. Mas o senhor aceitará que Molly é parte indivisível de mim.

Paul se mostrava perplexo:

— Do que você está falando? Está envolvido com ela?

Charles confirmou:

— Sim. Estou.

O velho O'Connor mal acreditava no que ouvia. Recostou-se na cadeira, olhou para o teto e voltou a falar:

— Meu filho... como deixou isso acontecer? E se vier à tona? Ou melhor, virá! Por que tinha que espancar Albert? O que será de nós, o que será de mim?

— Agiremos como se nada tivesse acontecido, não importa o que Albert espalhe pelas ruas. É a palavra dele contra a nossa. E, no mais, creio que aquele ser asqueroso não irá tão longe, pois ele mesmo tem uma reputação a proteger.

Paul mantinha o olhar perdido. Não parecia nada convencido. Charles insistiu:

— Meu pai, não há tempo para nos perdermos com a inveja de Albert! Existem diversas providências a serem tomadas e já estive pensando em algumas. Acredite, dentre todos os nossos problemas, Albie não é uma prioridade. Nem Molly.

O velho respirou fundo. Sua vontade mais íntima era retirar de Charles o patrimônio, tamanha a vergonha que sentia. Mas, sem ele, provavelmente iria à falência. Estava velho, cansado, debilitado. Não havia opção.

Após a saída do pai, Charles correu até George:

— Leve-me ao cortiço, George.

O cocheiro dirigiu-se ao patrão, tentando disfarçar o constrangimento:

— Senhor... não pense que sou indiscreto, mas... a moça não está lá.

— Perdão?

— A moça... Molly... Ela foi levada.

Charles empalideceu.

— Levada? Para onde?

— Ela foi levada pela polícia, senhor.

— Como sabe?

— Jeff, empregado do senhor Albert, contou-me ontem à tarde.

— Sabe onde ela está?

— Sim, senhor.

— Leve-me até lá!

— Senhor... não quero ser impertinente, mas deseja ir à cadeia?

Charles não sabia o que fazer ao certo.

XXI

Após recolher os filhos, Katherine preparava-se para dormir. Foi até a sala, onde Charles se encontrava sentado, com o olhar perdido na escuridão da rua, através da janela.

— Charles?

— Sim?

— Precisa de algo? Vou deitar.

Charles balançou a cabeça negativamente. E, quase no mesmo momento, pediu:

— Na verdade, quero ter uma conversa com você.

Katherine o encarou, num sobressalto. Ela hesitou por um instante, até que se dirigiu ao sofá em frente à cadeira que ele ocupava.

— Sim? Charles?

O marido olhou para a esposa. Sem se deter muito em seus olhos, perguntou:

— O quanto gosta de James?

— Como disse?

— Perguntei o quanto gosta de James Potter.

Katherine sentia-se confusa e embaraçada.

— Meu marido... eu... não...

— Sejamos francos, Katherine. Atingimos um ponto no qual isso é tudo o que nos resta.

Katherine baixou a cabeça, em silêncio. Após alguns segundos, Charles voltou a perguntar:

— Então, Kate? Gosta de James?

Katherine tremia. Jamais conseguiria responder a uma pergunta como aquela.

— Tudo bem. Perguntarei de outra forma: sente falta de James? Sente falta que ele ensine nossos meninos, que venha aqui todas as semanas?

A bela esposa inspirou todo o ar que o pulmão permitiu, e respondeu:

— Charles... em alguns momentos eu... me sinto sozinha e...

— Então o chame de volta.

— O que disse?

— Traga-o de volta. Ele está autorizado a ensinar nossos meninos.

Com estes dizeres, levantou-se. Dirigia-se ao quarto, quando se virou mais uma vez para Katherine, dizendo:

— Ah. Será discreta. Nada de encontros nesta casa. George os levará aonde quiserem ir, e que seja longe dos olhos dos meninos, de Lisa ou dos vizinhos.

— Mas o que...?

— É assim que será, Katherine. Se devemos manter esse teatro em nome da boa condução de nossas finanças, então que ao menos sejamos francos um com o outro. Não desrespeito nossa casa. Peço que não faça mais o mesmo. Ou serei obrigado a me divorciar de você.

Kate ficara chocada com a sugestão do marido. Compreendia a preocupação dele em manter as aparências naquele momento. Ela também não queria o divórcio. Não suportaria retornar à casa dos pais como uma fracassada conjugal. Estava por demais presa àquela vida para desfazer-se dela com tanta facilidade. Mas aquela sugestão parecia-lhe... surreal! Quanto a James... ainda não estava certa de que o procuraria. Tudo dependeria da força da vontade aflitiva que se instalara nela desde que foram flagrados por Charles.

Charles deitou, mas não conseguia dormir. Molly numa jaula era tudo o que ele conseguia imaginar. Precisava tirá-la de lá. De alguma forma.

※

Na manhã seguinte, bem cedo, George se encaminhou à cadeia feminina com um envelope lacrado nas mãos. Sua missão era entregá-lo à prostituta. Charles madrugara para escrever palavras muito importantes, e que deveriam ser entregues em mãos. Falando em nome de Charles O'Connor, o cocheiro não encontrou dificuldades em ficar frente a frente com Molly.

— Senhora Molly?

A prostituta levantou a cabeça e viu o cocheiro na porta da cela.

— Venho até aqui a mando do meu patrão.

Molly estava recolhida num canto, tentando evitar a umidade do chão. Estava descalça e abatida, pois não havia dormido desde que fora presa. Levantou com dificuldade e aproximou-se.

— Sim?

— Trago-lhe essa correspondência com algumas instruções.

— Instruções?

— Sim — George falava rápido e firme. Por ordem de Charles, deveria permanecer o menor tempo possível ali.

— Quais?

— Deverá ler tão logo eu me retire. Meu patrão avisa que as palavras escritas são irrevogáveis e inalteráveis. Voltarei em algum momento amanhã para saber a resposta.

Dizendo isso, virou-se de costas em direção à saída. Molly chamou-o:

— Espere! George! Que resposta?

Mas o empregado já se retirara. Molly encostou a cabeça tristemente nas barras de ferro. Voltou-se para as mulheres, que a observavam com curiosidade. Baixou os olhos e sentou-se novamente no canto onde estava encolhida. Abriu a correspondência e passou a ler com perceptível ansiedade.

Minha dama,
Sei de tua condição. E estou desesperado!
Por infelicidade do destino, estou eu mesmo também num momento delicado;
perdemos a fábrica num incêndio, que desconfio ter sido intencional,
e Albert esteve com meu pai durante minha ausência, contando sobre nossa relação.
Agora, me vejo de mãos atadas. Não tenho como voltar a frequentar a sua casa.
É arriscado demais para nós dois. E meu pai precisa de mim, tanto quanto eu dele neste momento.
Portanto, ofereço-lhe a única solução que possuo para amainar nossos problemas:
tirarei você daí, minha dama. Pagarei a fiança e a libertarei.

Mas farei isso se, e somente se, você aceitar abandonar o bordel.

Alugarei um quarto para você, num local discreto. Cuidarei de você.

Prometo não deixar que nada lhe falte.

Poderemos nos encontrar com a tranquilidade que tanto almejamos, pois estará fora do alcance da sede por vingança de Albert.

Suas companheiras poderão continuar vivendo no bordel, ficando elas mesmas responsáveis por ele. Sei que são mulheres crescidas e unidas, saberão seguir sem você.

Mas você deverá abandonar a prostituição. Será minha, como sempre quis que fosse.

Minha mulher.

Poderá aprender corte e costura, pintura, artesanato ou outra atividade por meio da qual consiga satisfazer o seu desejo de independência. Conversaremos sobre isso e estou certo de que encontraremos o caminho adequado para nosso futuro.

Caso não conceda a si mesma essa oportunidade, sinto dizer que estará sozinha.

Não poderá contar comigo. Grandes problemas me tomaram de assalto e necessito de todo o controle e prudência para solucioná-los.

Enfim, minha querida dama... Como vê, tem o nosso futuro em suas mãos.

Espero que aceite o que lhe oferto, pois creio ser esta a última chance para nós dois.

Peço-lhe que se desfaça desta carta tão logo finalize a leitura dela.

E que pense com muito zelo nas minhas palavras.

Com amor,

Charles

Molly terminara de ler a carta aos prantos. Picava-a em pequenos pedaços enquanto suas lágrimas caíam e lhe borravam a visão. Apoderava-se dela a mais profunda melancolia. Após se desfazer da mensagem, encostou a cabeça na parede. E apenas chorou, agora em silêncio. Tudo o que Molly queria era ser livre. Dona de si e independente. Tudo o que Molly queria era ter o domínio sobre as próprias escolhas e conclusões. Tudo o que Molly almejava era sua vida, mesmo que coberta de escaras e cicatrizes. Em sua opinião, era o mínimo que lhe poderia ser dado. E, no entanto, sua vida parecia um jarro quebrado em mil fragmentos. Como uni-los de volta? Como encontrar todas as partes e colocar tudo em seu devido lugar?

Charles punha em ação os planos de socorro das finanças familiares. Resolveu que a residência de Lancaster deveria ser vendida. Analisou todos os gastos do pai e dos irmãos, fez os cortes que julgou necessários. E, principalmente, mudou o destino dos investimentos da família. Planejava viajar à Alemanha, país recém-unificado e com fortes ambições industriais, a fim de averiguar as indústrias que começavam a explorar o setor químico. Parecia uma estratégia arriscada, mas com boas chances de retorno, tendo em vista as transformações tecnológicas que rasgavam o continente europeu naquele momento.

XXII

George não apareceu no dia seguinte, como havia prometido. Três dias se passaram, e nada. Molly já havia presenciado brigas terríveis entre as prisioneiras. Percebia que as mais fragilizadas eram alvos fáceis. Não conseguia comer, sentia ânsia de vômito sempre que serviam algo parecido com uma refeição. Molly era pobre, mas mesmo assim conseguia alimentos digeríveis no cortiço. A cada hora que passava, seu corpo abandonava-se um pouco mais. Estava dormindo encolhida, apoiando a cabeça nas mãos, quando sentiu alguém sacudi-la. Era uma das presas.

— Ei, acorda! Um homem está aqui para falar com você! Levante! Não há despertadores por aqui!

Molly abriu os olhos e viu George. Apoiou-se nos braços com dificuldade. Tentou ficar de pé e no mesmo instante viu o mundo girar. Amparava-se nas paredes sujas e foi até ele, devagar.

— Santo Deus! A senhora parece... péssima!

— Eu aceito, George. Quero sair daqui. Faço qualquer coisa, mas... tire-me daqui...

As pernas de Molly não aguentaram. Estava mais fraca do que imaginava. George se retirou. Após meia hora, retornou acompanhado de dois policiais. A cela foi aberta e George tentou levantá-la. Molly não conseguia manter os pés firmes no chão. Pegou-a no colo e levou-a até a carruagem. Apesar dos olhos fechados, ela não dormia. Ouvira as vozes das outras presas quando fora retirada, ouvia o galopar dos cavalos, sentia o sacolejar do veículo. Não sabia para onde estava indo. Não desmaiara por completo, nem tinha total consciência. Após algum tempo, percebeu que a carruagem diminuiu a velocidade até parar. Mais uma vez, alguém a carregara no colo. Ouviu vozes familiares. Não entendia o que elas falavam, mas estava certa de que eram suas companheiras. Foi deixada numa cama, que ela só perceberia ser a sua muito depois. Todas as vozes se misturavam, enquanto Molly respirava com certa dificuldade. Logo sentiu que a despiam. Viravam-na de um lado a outro. Percebeu que passavam várias vezes um pano úmido por todo o seu corpo debilitado. Não conseguia abrir os olhos e acordar de verdade. Enxugaram-na e cobriram-na. Algum tempo depois, sentiu mãos inclinando sua cabeça, ajudando-a a beber chás de todos os tipos. Molly engolia devagar. Aos poucos, conseguiram fazer com que ela ingerisse um, dois, três copos. Até que adormeceu.

❧

Quando acordou, Molly pôde vagarosamente perceber Jane e Sophie guardando seus objetos pessoais numa enorme bolsa preta. Sentia-se fraca. Olhou para o lado e viu Charles sentado, observando o trabalho das duas. Sua voz cambaleava.

— O que... o que está acontecendo?

Charles foi até a cama e, tomando-lhe as mãos, disse:

— Estamos guardando suas roupas e alguns objetos. Precisamos tirá-la daqui.

— Mas... sinto-me sem forças...

— Esperarei até que se recupere, minha dama. Já tenho um novo lar para você. Não é grande, mas é mais aconchegante do que este lugar.

Molly voltou-se para as duas colegas. O olhar das duas era de apreensão e tristeza.

— Meninas...

Molly caiu no choro. Jane e Sophie aproximaram-se da cama. Abraçaram-se. Charles as avisara sobre as mudanças que ocorreriam. Ficaram aflitas, mas não podiam se opor. Sabiam que Molly deveria ser retirada dali. Após sua prisão, o bordel fora alvo de demonstrações nada amigáveis dos vizinhos. Temiam pelo futuro sem sua mentora. E, da mesma forma, temiam ser elas mesmas a mira da fúria de outras pessoas. Ou de Albert.

<hr>

Dois dias depois, a prostituta já conseguia alimentar-se melhor, e já havia levantado da cama. Ainda estava debilitada, mas já conseguia se locomover. Reuniu as amigas no seu quarto.

— Minhas irmãs... temo que terei de abandonar a companhia de vocês... — Ela chorava. Continuou a falar, entre soluços: — O desânimo de estarmos separadas toma conta de mim nesse momento. Mas devo fazê-lo, pela segurança de vocês. E pela minha própria.

Estavam todas desoladas. De fato, a mola propulsora do prostíbulo era Molly. Sem ela, como ficariam?

— Eu desejo que Sophie e Jane fiquem responsáveis por este lugar. Tenho guardados embaixo do colchão uma barra de ouro e algum dinheiro. Peço-lhes que os utilizem com sabedoria. – Ficou em silêncio por um momento. E finalizou: – Cuidem-se, minhas irmãs.

Aos poucos, saíram uma a uma do quarto, com lágrimas nos olhos. Foi a última conversa que tiveram antes que a carruagem de Charles estacionasse à porta da velha casa para buscar a prostituta. Enquanto George acomodava a bagagem de Molly, ela despedia-se de cada uma com um forte abraço. Amava-as. Aquelas pobres mulheres eram o mesmo que sua família, mais até do que seus pais e irmãs. Finalmente, subiu na carruagem. Usava um vestido amarelo, repleto de flores delicadas bordadas à mão. Mas a alegria estampada na vestimenta contrastava com a tristeza nos olhos. Acenou para as amigas e partiu.

Não tinha ideia de qual seria seu destino a partir daquele momento, apenas via a cidade caótica passando ao seu lado, enquanto a pobreza era suavizada a cada quilômetro. Chegaram a um bairro visivelmente comercial. Pararam defronte a um pequeno prédio, entre uma doceria e uma escola de música. Molly subiu escadas escuras e estreitas atrás de George, até alcançarem uma porta de madeira amarronzada. Era um quarto pequeno, mas mais confortável do que o seu antigo. Havia uma pequena pia, algumas bacias, um fogareiro. Dois pratos, duas xícaras, dois copos. Imaginava que Charles não planejava permitir que ela recebesse visitas. George acomodou sua bagagem e, ao retirar-se, ouviu a pergunta:

– George? E agora? Ficarei aqui sozinha? O que devo fazer?

– Senhora, tudo que meu patrão me pediu foi que a deixasse aqui. Não tenho nenhuma outra informação para lhe dar. Boa tarde.

Fechou a porta, deixando Molly de pé, no meio do quarto. Olhou para o vazio do cômodo e sentou-se à cama. Já se sentia sufocada. Ouvia o som de um piano mal-tocado, sentia o aroma de doces assados. Dirigiu-se até uma pequena janela. Abriu-a e pôde ver o movimento das ruas. Cabriolés passavam apressados, alguns outros veículos que tinha visto poucas vezes, homens bem alinhados circulavam na rua com pastas e bolsas. Tinham cara de advogados, professores. Não havia muitas residências por perto, além dos pequenos prédios de no máximo dois andares, em sua maioria. Ficou assistindo ao mundo lá fora durante um bom tempo, até que cansou-se e foi deitar um pouco.

Katherine não entrou em contato com James. De fato, ainda gostava do marido e tinha grande receio de perdê-lo. Mas, ao mesmo tempo, sua memória ainda não abandonara a imagem e o toque de James Potter. Pensava consigo mesma: "Poderia encontrar-me com ele uma última vez...", numa tentativa vã de convencer a si mesma de que assim seria feito. James ainda enviava cartas apaixonadas, embora nunca fossem respondidas. Ao menos até aquele momento.

No escritório do pai, Charles tentava se concentrar nos detalhes de uma viagem que pretendia fazer à Alemanha nos próximos dias. Estava preocupado e assoberbado, mas animado ao mesmo tempo. Havia novidade em sua estrada como homem de negócios. Teria finalmente a chance de desbravar caminhos, por mais arriscados que fossem. Paul não se envolvia como o esperado, ou como sempre fizera. Após a morte da esposa e de todos os acontecimentos envolvendo seu primogênito, o velho O'Connor entrara em depressão. Já pouca coisa o animava, além de beber e fumar. Transformava-se, aos poucos, numa cópia de Francis, exceto pelas jogatinas. Envergonhava-se de sair de casa, de convidar seus amigos para se juntarem a ele. Aliás, seus companheiros desapareceram rapidamente. Deviam saber o que houvera com Albert.

Após algum planejamento, Charles finalmente conseguiu um intervalo no fim da tarde para visitar Molly em seu novo lar. Ele tinha uma cópia da chave. Ao ouvir o barulho da fechadura, Molly percebeu a chegada do amante e jogou-se nos braços de Charles antes mesmo que ele pudesse fechar a porta.

— Charles! Charles, finalmente! Ah, que saudade angustiante eu senti de você!

Molly se agarrava a Charles, puxava seu casaco. Era um pedido de socorro. O empresário tentou serenar a ex-prostituta.

— Minha dama, estou aqui. Estive com você em meus pensamentos durante todo o dia, mas não pude antecipar minha chegada...

— Não importa, não desejo saber! Apenas me abrace!

Beijaram-se com o vigor de uma paixão avassaladora, dessas que tomam de assalto a mente e o corpo num só golpe. Dessas que têm o poder de se transformar em prioridade em questão de segundos. Dessas que nada mais são que aflição. A aflição da saudade, da distância, do desejo. Dessas que adoecem, flagelam e viciam. Que tomam do seu hospedeiro a razão, a bondade, o escrúpulo, a orientação, os bons modos.

Charles mais uma vez empreendia a sua viagem ao interior de Molly. Exauria-se, tremia afogueado. Tentava em vão respirar, para mais uma vez submergir na carne ansiosa e pulsante de sua dama, que o guardava com zelo entre as pernas, como uma aranha embrulhando sua presa na seda, suave e venenosa.

Amaram-se por horas. Trocaram poucas palavras além daquelas que se referissem ao sexo, ao prazer e à perdição. Eram muitos os beijos acumulados. Charles pensava em como estaria ela após a prisão, Molly queria saber sobre o incêndio. Mas a pele urgia e a sede da saliva um do outro era pungente. Apenas a altas horas da noite, quando a cidade já havia se recolhido e sobravam nas ruas apenas os bandoleiros e os embriagados, quando Charles começava a se vestir, Molly perguntou:

— Aonde vai?

Charles olhou para ela, um tanto surpreso.

— Minha dama... aproxima-se a meia-noite. Devo ir para casa.

A expressão de Molly tomou uma aparência séria e pesada. Charles perguntou:

— O que houve?

Ela enterrou o rosto entre as mãos.

— Charles... você não ficará comigo? Devo ficar sozinha neste quarto?

— Molly, você sabe que devo voltar. Há os meus filhos...

— E a sua esposa. E a sua vida.

— Minha querida, imploro que acalme o espírito. Eu e Katherine já não mantemos contatos afetivos. Estamos juntos pelos negócios da família. Não fica bem me separar, mais ainda depois dos últimos acontecimentos.

— Mas o que será de mim, Charles? O que farei enfurnada nesse lugar, sem contatos nem amizades de qualquer ordem?

— Você se lembra do que escrevi? Encontraremos uma ocupação prazerosa para você, eu prometo. E, futuramente, você poderá receber aqui suas amigas. Peço-lhe apenas que aguarde alguns dias...

Molly estava desolada. Charles sentou-se ao seu lado na cama. Tomou nas mãos o rosto aflito da mulher e falou:

— Minha dama... tudo dará certo para nós dois. Sou invadido pela mais penosa saudade a cada minuto longe de você. Também para mim não há escolha fácil. Mas te juro: estaremos unidos no futuro. Creia no que digo.

Ela o olhava no fundo dos olhos azuis. Queria banhar-se nas águas cristalinas daqueles olhos. Mergulhar nos excertos de mar que adornavam seu rosto. Apenas concordou com a cabeça, sem outra escolha. Charles beijou-a delicadamente. Era difícil beijarem-se sem que uma fagulha escapasse e os incendiasse. Tocou-lhe os longos cabelos e declarou, por fim:

— Façamos assim: tão logo eu retorne de viagem, trataremos disso como prioridade.

Molly arregalou os olhos.

— Viagem?

— Sim. Irei rumo ao Império Alemão nos próximos dias, pesquisar algumas oportunidades de bons negócios. Estou animado com a possibilidade de me aventurar, de singrar outros mares. Meu pai sempre foi muito conservador nos investimentos, nunca se arriscou nem previu tendências. Agora não há muitas saídas para nós além do risco.

Molly não o escutava. Estava triste. Profundamente triste.

— Minha dama...

— Não se preocupe. Vou ficar bem.

A resposta foi proferida sem a menor convicção. Charles sabia que eles teriam um árduo período de adaptação pela frente. E rezava para conseguir, aos poucos, mitigar a ansiedade que ele via apossar-se dela.

XXIII

Charles deixara com Molly uma quantidade de dinheiro suficiente para que ela esperasse com folga o seu retorno. No dia seguinte, ela decidira sair a pé pelas redondezas. Um vestido lilás e uma echarpe branca compunham o visual da morena. Cabelos sempre soltos. Ruas repletas de escritórios de contabilidade, advocacia, escolas de música e artes, lojas de roupas e joias. Parou em frente a uma alfaiataria. Olhava os tecidos multicoloridos, enquanto se perguntava se seria capaz de transformá-los em alguma coisa. Nenhum ânimo para aquilo. Via os moços bem-vestidos andando para lá e para cá, com óculos e bigodes bem-aparados, entrando e saindo de escritórios, escolas particulares, prédios e salas. Seria capaz de fazer cálculos complexos? De sentar-se a uma mesa durante horas e lidar com os números? Gostava de leitura, de música, de artes. Poderia pintar um quadro? Sabia tocar piano bem, mas não era uma virtude. Caminhava entre as pessoas e seus empregos, e se sentia completamente perdida. Tornara-se prostituta por necessidade. Com o passar do tempo, acostumou-se. E a partir do momento em que passou a receber uma quantidade razoável de dinheiro, especialmente se comparada à média salarial destinada às mulheres, tomou gosto por tudo aquilo. Quer dizer, havia momentos extremamente desagradáveis e humilhantes junto a homens que sequer tratavam de maneira adequada as próprias esposas, menos ainda as prostitutas. Mas depois se lavava, deitava-se e esquecia. Não era subordinada a nenhum chefe que vigiasse os seus horários e rotinas, que lhe cobrasse produção ou lhe ameaçasse com frequência. A autonomia lhe parecia bastante compensadora.

Quando voltava ao pequeno quarto onde estava instalada, deteve-se em frente à escola de música que oferecia aulas de piano. Quem sabe poderia voltar a tocar e encontrar algum prazer em fazê-lo? Era ao menos uma atividade. Precisava de uma ocupação, pois o silêncio e a solidão a sufocavam com incrível facilidade. Foi até a escola e matriculou-se. Começaria no dia seguinte, à tarde. Depois, retornou para o quarto, deitou na cama e chorou discretamente. Implorava aos deuses que lhe mostrassem o caminho a seguir. Sabia estar protegida ali, distante do prostíbulo, mas tinha sérias dúvidas quanto a conseguir se habituar a uma vida tão diferente da que conduzira noss últimos anos. E quanto a Charles? Como poderia ter tempo para ela, sobretudo agora que viajava pelo continente e envolver-se-ia em novos negócios? E mesmo que ele tivesse tempo, seria correto encontrar o estímulo para si em outra pessoa? As dúvidas e os questionamentos transbordavam de sua mente sem cessar. Sentia-se confusa. E sozinha.

❧

No dia seguinte, compareceu à escola de música. Decepcionou-se quase de imediato ao perceber que as aulas eram muito mais direcionadas a alunos iniciantes. A professora, uma senhora gorda e masculinizada chamada Bettany, passava longos períodos procrastinando, falando sobre técnicas, modelos de instrumentos, grandes compositores, notas musicais e teoria atrás de teoria. Seus dedos pouco tocaram as teclas já gastas do piano branco que lhe foi destinado. Lembrava do piano que havia em sua antiga casa, longo e majestoso. Brilhante. O som límpido e as belas melodias que nele suas mãos produziam. Estava explicado porque ouvira um piano tão mal-tocado no dia em que se mudara. Nem mesmo os mais extraordinários pianistas da história conseguiriam extrair um som audível daqueles instrumentos velhos.

Passava os dias à espera. À espera da hora da aula, da hora da janta, da hora de deitar-se. Tentava ela mesma afogar seus desejos íntimos, obtendo alívio em algumas ocasiões. Mas, no mais das vezes, era um ato tenso. Não era um gesto erótico prazeroso, parte da maravilhosa dança que pode ser o coito. Significava apenas estimular-se para acalmar e aquietar o corpo e a alma. Raramente masturbava-se na época em que morava no bordel, pois, mesmo que não atingisse o clímax, seus sentidos estavam sempre à flor da pele. Mas ali, naquela cama solitária, o ato de se tocar mais parecia uma triste tentativa de silêncio e de refúgio. De ser forçada a agir como uma mulher diferente daquela que havia sido desde sempre.

<hr />

Em terras germânicas, Charles ficou encantado com a ainda incipiente, mas promissora, indústria química. Estabeleceu diversos contatos, inclusive com companhias do ramo farmacêutico. Contudo, seus olhos voltaram-se com mais interesse para uma pequena indústria de tinturas que começava a diversificar seus produtos, desenvolvia pesquisas para a criação de solventes, vernizes e outras substâncias, muitas delas para uso doméstico. Charles viu aí uma possibilidade real de crescimento, especialmente em virtude do *boom* demográfico que tomava todos os países industrializados ou em processo de industrialização. Para completar, o Império Alemão experimentava um período de regular tranquilidade política graças ao Chanceler de Ferro,[2] mestre em estabelecer alianças e adormecer possíveis desconfianças bélicas dos países vizinhos.

◈

Foram pouco mais de duas semanas bastante produtivas. De volta a Londres, Charles tinha a certeza de que precisaria introduzir-se e estabelecer-se no Império Alemão se quisesse tirar proveito do vertiginoso crescimento que aquele país experimentava desde a unificação, em 1871. Pensava na possibilidade de adquirir uma residência em Frankfurt ou em Berlim, na qual passaria metade dos meses do ano. Dividir-se-ia entre os dois países, mas sua sagacidade empresarial o fazia acreditar que seria um investimento compensador.

Ele retornara animado. Excitado. Não via a hora de contar as novidades ao pai e a Molly. Quem sabe poderia se mudar com ela para a Alemanha? Viveriam como marido e mulher, faria nela um filho. Não poderia dedicar-se com exclusividade a nenhuma das famílias, mas ao menos poderia dar algo de si para ambas. Queria acompanhar o crescimento dos filhos, direcioná-los a um futuro próspero, no qual não fossem cópias de Francis. E Katherine poderia satisfazer-se com James quando da sua ausência. Em suas ideias, tudo se encaixava perfeitamente. O maior desafio seria manter Molly tranquila e paciente. Imaginava o quanto estaria sendo difícil para ela se acostumar com todas aquelas mudanças

---

2 Referência a Otto von Bismarck, político prussiano responsável por medidas que alavancaram o sucesso do Império Alemão no período que ficou conhecido como Segundo Reich. (N.E.)

drásticas e repentinas. Mas preferia acreditar que era uma angústia passageira.

Esteve na casa do pai e quase se desesperou com o que viu: seu velho estava na poltrona do escritório, adormecido. Sua cabeça pendia para a esquerda. Parecia morto. Apenas seus roncos denunciavam que havia vida naquele corpo pálido e débil. Na mesa, duas taças e duas garrafas vazias. Gim e vinho. Em meio aos papéis espalhados e amassados, uma vela acesa. Um retrato da decadência humana. Tentou acordar o pai:

— Meu pai? Meu pai! Levante-se, o senhor deve ir para cama.

Tentava levantá-lo pelos braços, mas o patriarca, mesmo mais magro, ainda guardava a robustez de um homem de grande porte. Pediu auxílio aos criados. Juntos, levaram-no para o quarto, praticamente desacordado. Após deitar o corpo desfalecido na cama, Charles conversou com os dois ajudantes:

— O quanto ele tem bebido?

— Senhor, não sabemos precisar. Mas tornou-se uma rotina ele ingerir diversas bebidas até adormecer. Acorda sempre nauseado, reclamando de fortes dores de cabeça. Às vezes fica o dia inteiro na cama. Até Francis conversou com ele na semana passada, e os dois travaram uma calorosa discussão.

Charles ficou preocupado. A saúde de seu pai não era das melhores e não podia contar com os irmãos para cuidar dele. Francis não tinha remédio, e as suspeitas de que Julie estaria grávida foram confirmadas.

Dirigiu-se até sua casa. Precisava tomar banho e relaxar um pouco antes de ir ao encontro de Molly. Encontrou a casa limpa, iluminada e impecavelmente bem-arrumada. Algumas pratarias, móveis, quadros estavam em lugares diferentes. Ouvia o som do piano e os risos de Katherine, John e Jeremy. Adentrou a sala e se surpreendeu com as cores das almofadas, das cortinas. O ambiente agora transmitia alegria e leveza. Olhou para os três sentados ao piano, tentando em vão tirar dele alguma melodia. Pareciam mais envolvidos com a tarefa de tocar as teclas aleatoriamente, enquanto riam do som caótico que produziam:

– Oh! Charles! Desculpe, não percebemos sua chegada... – disse Katherine, enquanto levantava e passava a mão sobre o vestido numa tentativa de se recompor.

– Está tudo bem. Fico contente em vê-los tão alegres. Aliás, toda a casa parece... diferente.

Katherine baixou os olhos, visivelmente constrangida:

– É, tive algumas ideias enquanto estava fora... Após os atropelos das últimas semanas, imaginei ser interessante fazer algumas mudanças discretas, colorir um pouco mais nosso lar. Espero que não lhe seja incômodo...

– Não, não é. Está ótimo.

Ficaram alguns segundos em silêncio, encarando o chão. Eram dois estranhos morando na mesma casa. Enfim, Charles informou:

– Bem, estou um tanto cansado. Descansarei um pouco. Tenho um compromisso ao entardecer... – disse ele, sem completar a frase. Não era necessário fazê-lo.

– Tudo bem. Deseja um chá, tem fome?

– Não, nada. Obrigado.

Beijou as cabeças levemente ruivas dos filhos e seguiu para o quarto. Katherine parecia bem. Feliz, até. Charles não estava muito certo de como se sentia com aquilo...

Já eram quase cinco da tarde quando Charles chegou ao imóvel onde acolhera Molly. Subiu as escadas com a chave na mão. Abriu a porta e deparou-se com o quarto vazio. Alguns sapatos, brincos, roupas íntimas jaziam espalhados pelo chão. Fechou a porta.

– Molly?

Deu alguns passos, abriu a janela. Viu a pequena pia com dois pratos imundos e que, pelo mau cheiro que exalavam, deveriam estar ali há dias. Ao lado, algumas frutas apodreciam infestadas de moscas e mosquitos. A casa parecia abandonada. Na cama malforrada, ainda estava o mesmo lençol sobre o qual seus corpos se deitaram antes da viagem. Charles sentia-se confuso e começava a crer que Molly tinha ido embora, quando ouviu o barulho de chaves abrindo a velha fechadura.

– Charles? – disse Molly, surpresa. E apenas surpresa.

– Onde estava? – perguntou ele um tanto aflito, enquanto assistia à porta sendo fechada.

– Na aula de piano.

– Aula de piano?

– Resolvi tomar algumas aulas na escola aqui embaixo. Precisava me ocupar.

Molly tirou os sapatos e jogou a echarpe no chão. Não foi até o homem postado de pé, próximo à janela, com as mãos na cintura e expressão inquisidora no rosto. Apenas sentou-se na cama e suspirou.

– O que há, Molly? – perguntou Charles, após alguns segundos de silêncio.

– Nada. Não há nada.

Ela encarava o vazio à sua frente.

– Por onde andou durante o tempo em que estive fora?

– Como "por onde andou"? Estive aqui o tempo todo.

— Mas o quarto parece abandonado! Comida apodrecendo, a pia imunda, os mesmos lençóis de dias atrás...

— Vinte dias — declarou ela.

— Como disse?

— Contam vinte dias desde a última vez em que esteve aqui.

O belo homem parecia perturbado. Sentou-se ao lado de Molly.

— Minha dama... senti sua falta... tive o peito fustigado pela saudade durante todos esses dias.

Ela não se mexeu; seu olhar era triste e descrente. Charles beijou-lhe o braço esquerdo, o ombro, o rosto. Ela fechava os olhos, inebriada pelo cheiro tão familiar, tão peculiar daquele homem. Parecia um irrecusável convite ao suicídio. Ele tomou em suas mãos o rosto de Molly, virando-o em direção ao seu. Finalmente, fitaram-se nos olhos. Charles beijou-a. Um tormento era beijá-la após tantos dias, pois existia uma hierarquia de atos: beijos, carícias, roupas abandonadas. Mais alguns beijos e toques até que pudesse finalmente voltar ao lar. A ex-prostituta parecia resistir num primeiro momento. Uma resistência leve, quase inofensiva, de um coração que se proclama machucado, mas que não hesita em deitar novamente sobre cacos de vidro. Despiam-se aspirando o hálito um do outro. Sentindo com a língua o sal na pele que estivera suada horas atrás.

— Minha dama... quero tanto você! Você me tira do sério...

— Por quê? Por que demorou? Por que me deixou?

Afagavam-se. Na verdade, dançavam um balé conflituoso em cima da cama, já deitados, enquanto libertavam os próprios corpos dos tecidos que amordaçavam os sentidos.

— Jamais a deixarei, minha dama! Te amo! Te amo, minha dama, minha Molly!

Tragavam-se uma vez mais. Molly mantinha os olhos fechados. Não precisava da visão quando tudo o que lhe importava estava agora entre uma coxa e outra, invadindo-a, machucando-a, saciando-a. Prendia-se a Charles, debatia-se, gritava. Ele a golpeava instintivamente. Sentia uma exaltação colérica borbulhando dentro de si. Suas forças acumulavam-se, tensas. Logo despejaria vinte dias de distância naquele corpo. Sussurrou em seu ouvido:

— Teremos um filho!

— Hã? — balbuciou ela, gemendo, olhos fechados.

— Farei um filho em você, minha dama. Agora!

Agarrou os cabelos fartos da morena. Molly abrira os olhos e tentava afastar Charles:

— Não! Não, Charles!

Já não havia mais tempo. A bomba havia sido detonada e ele explodia dentro dela, acompanhado de um urro profundo e de três últimas estocadas especialmente violentas. Tentava recuperar o fôlego, quando Molly afastou-se bruscamente:

— Por Deus, Charles! O que disse? O que você fez?

Ele se sentou na cama, arfando. O mundo ameaçava girar a seu redor.

— Disse que teríamos um filho.

Molly estava de pé. Tentava encontrar uma caneca entre os tantos utensílios sujos na pia.

— O que há? — perguntou ele.

Ela não respondeu. Apenas continuou a procurar, até encontrar uma caneca malcheirosa, já coberta por uma manta de mofo. Afundou-a num balde d'água ao lado da pia, esfregou-a e encheu-a. Foi até um minúsculo cubículo, um banheiro improvisado. Abaixou-se sobre uma bacia de madeira e lavou-se. Charles permanecia sentado na cama, ouvindo os sons daquela atividade. Molly voltou para o quarto, sem encará-lo. Parecia furiosa e aflita ao mesmo tempo. Pôs-se a se vestir. Charles impacientou-se:

— Molly, por Deus do céu, o que há?

— Vou comprar ervas!

— Por quê?

— Porque não posso engravidar de você! – grunhiu ela, com os olhos marejados.

— Como não? Molly, falei que te amo! Quero ter um filho contigo...

— Charles, a saudade e a solidão já são um fardo deveras pesado para eu carregar!

— Não está sozinha, Molly! Você sabe bem disso!

— Eu ESTOU sozinha, O'Connor. Sozinha!

— Então duvida do que sinto? Depois de tudo o que enfrentei por você?

— Não duvido do que sente, pois carrego o mesmo sentimento no peito. É bem familiar para mim.

— Então por que me acusa de deixá-la? Como pode dizer isso quando meus pensamentos não saem de perto de você?

— Charles, você está aqui há pouco mais de uma hora. Daqui a algum tempo, irá embora e ficarei dias te esperando. Você não percebe? Vivo horas de plena felicidade entre dias intermináveis da mais lúgubre solidão! Como suportarei uma gravidez distante de você? Como conseguirei segurar em meus braços um pedaço seu sabendo que está tão longe, noutro bairro, noutra casa, com outra família, ou noutro país? E se essa criança tiver seus belos olhos, Charles? Serei obrigada a vê-lo sem tê-lo todos os dias? – Molly soluçava. Encostou-se à porta, aos prantos. Devagar se ajoelhava até ter todo o corpo apoiado no chão frio. Ele correu até ela.

— Minha dama, não chore. Não diga bobagens. Rogo-lhe que tenha um pouco mais de paciência. É apenas uma fase, um período.

É um teste para nós dois! Devemos ser firmes, minha amada. Precisamos aguentar um pouco mais até que a tempestade se dissipe. Jamais a abandonaria com minha criança! Voltei com planos para nós dois, planos de formarmos uma família, de vivermos como marido e mulher!

— Não seja tolo! Sabe que não pode abandonar sua família...

— Quero te levar para a Alemanha.

O choro cessou no mesmo instante.

— O que disse?

— Quero te levar comigo para o continente, minha dama. Tudo cresce rapidamente por lá. Tenho em vista uma excelente oportunidade, e o negócio é de tal forma promissor que devo instalar-me lá mesmo.

— Mas... e sua esposa? E seus filhos?

— Virei aqui todos os meses. Precisarei me dividir entre os dois países, visto que jaz sobre mim a responsabilidade dos negócios da família.

— Virá todos os meses... por quanto tempo?

— Não tenho como prever... Talvez necessite passar quinze dias por lá, outros quinze por aqui. E sei que haverá meses em que um ou outro negócio exigirá mais tempo de mim.

Molly balançava a cabeça, num sinal negativo.

— Minha dama, acalme-se! Precisa me dar uma chance! Precisa confiar em mim! Farei de você uma mulher feliz, completa! Meus esforços estarão voltados para isso, para você, para nós dois! Eu te imploro! Dê-me uma chance!

Ela permanecia em silêncio, encarando o chão. Olhos vermelhos, nariz congestionado, alma temerosa. Ele insistia:

— Escute, em mais alguns dias devo voltar para a Alemanha. Você virá comigo. Escolheremos uma casa, nossa casa! Está bem?

Molly respirou fundo. Não respondeu.

– Minha dama, por misericórdia! Deixe-me tentar! Não quero perdê-la! Não posso perdê-la!

Agora Charles deixava cair a cabeça no colo dela. Agarrava as coxas de Molly. Era desesperador ter tanto sob sua dependência, mas ainda mais desesperador era ver-se na dependência de uma mulher atormentada pelo medo e pela insegurança. Enquanto estivesse ali, destrancando todo o medo que podia trazer em si, prometeu a si mesmo que faria aquilo dar certo. Levaria Molly consigo e mostrar-lhe-ia um novo mundo, novas oportunidades; uma nova página.

De tudo o que já havia escrito, aquelas eram, sem dúvida, as palavras mais penosas. E as mais importantes.

XXIV

Na manhã do dia seguinte, Charles foi ao encontro de Paul O'Connor. O velho parecia ter acordado há pouco tempo. Os empregados serviam-lhe o café da manhã.

— Meu pai, está de pé! Como se sente? — disse Charles, puxando uma cadeira e sentando-se junto a ele.

— Estou bem. Sinto o crânio prestes a explodir, mas há de melhorar logo.

Charles balançou a cabeça, sem convicção. Esperou que Paul perguntasse sobre a viagem, mas o velho apenas cobria com manteiga e geleia algumas torradas. Estava visivelmente sob o efeito de uma ressaca severa. Então, resolveu adiantar-se:

— Meu pai, estive visitando uma pequena indústria. Fabricam tinturas para tecidos, e agora buscam novos produtos. Possuem uma notável equipe de químicos, mas falta-lhes o dinheiro. Fiz uma proposta que julgo irrecusável. Se aceitarem, entraremos no ramo de solventes, vernizes e tantos outros produtos cujo mercado encontra-se em franca expansão.

Paul escutava Charles, ou fingia fazê-lo. Balançava a cabeça sem desviar o olhar do prato. O filho mais velho começava a se sentir angustiado:

— Meu pai? Ouviu o que acabei de dizer?

— Sim, meu filho. Claro.

Seu olhar permanecia sobre as torradas e a xícara de café preto.

— Não parece animado...

Paul parou subitamente.

— Meu filho... nada mais me anima. As indústrias, os passeios, os lucros. Nem mesmo o neto que está por vir me trouxe qualquer sopro de... alegria...

Encostou a cabeça nas mãos brancas e trêmulas e chorou. Pela primeira vez em toda a vida, Charles viu seu pai chorar como menino. Pensou em ir até ele, em abraçá-lo. Mas a situação lhe era de tal forma estranha que não conseguiu esboçar qualquer reação. Esperou que o velho O'Connor se acalmasse. Após alguns minutos, Paul enxugou o rosto com o lenço descansado em seu colo. E voltou a comer.

— Meu pai... espero que não se sinta ofendido com o que lhe direi, mas... acredito que é chegada a hora de transmitir a mim os poderes totais para gerir os negócios de nossa família.

Paul levantou a cabeça e seus olhos encontraram os do filho. Charles continuou:

— Bem sabe que não tenho qualquer pretensão de tirar-lhe a fortuna, meu pai. Preocupo-me em preservá-la. E posso ver com nitidez que o senhor não deseja se envolver em tais assuntos. E, mesmo que desejasse, sua saúde está tão precária que não conseguiria.

— Do que está falando? Estou ótimo! – respondeu Paul, voltando ao café.

— Se quer ser negligente consigo mesmo, não tenho como impedi-lo. Mas sabe que não há nesta sala ninguém tão cego e tão inepto que não perceba que sua vida se esvai a cada dia que passa. E o mais triste é que senhor parece querer abandoná-la o quanto antes.

Paul parou de mastigar. Mesmo que não admitisse verbalmente, o filho estava certo. Perdera o gosto pela vida. Charles prosseguiu:

— Se estiver disposto, ajudarei o senhor como for possível. Farei tudo a meu alcance para que se recupere e volte a ser ao menos a sombra do soberbo líder que foi um dia.

Paul O'Connor, o grande empresário, havia desistido. Balançou a cabeça em sinal negativo e retrucou:

— Não, meu filho. Não desta vez. Colocarei em suas mãos o controle e a responsabilidade sobre os negócios, o dinheiro, propriedades, tudo. Apenas lhe suplico que me deixe como eu preferir. Sem cobranças ou lições de moralidade. Aliás, é o menos indicado para sugerir regras de conduta.

Charles engoliu em seco a alfinetada do pai. Resolveu ignorá-la.

— Que seja, meu pai... Providenciarei tudo para que me sejam delegados os poderes imprescindíveis à plena gestão dos nossos empreendimentos.

Paul anuiu com um vago gesto de mão. Charles levantou-se, deixando o velho O'Connor terminar em paz o desjejum.

Retornou para casa a fim de organizar parte da papelada necessária para assumir as indústrias. Nessas horas, sua base jurídica vinha bem a calhar. Viu seus meninos com Lisa.

— Onde está Katherine?

— Ela não está, senhor.

— Onde ela foi?

— Não sei ao certo, senhor. Apenas disse ter um compromisso e voltaria após o almoço.

Charles permaneceu sério e pensativo. Perguntou:

— Como ela saiu?

— Um pequeno cabriolé, desses de aluguel, veio buscá-la.

Charles apenas dirigiu-se ao escritório, sem fazer mais perguntas. Não queria pensar no que Katherine estaria fazendo, mesmo porque já tinha uma boa ideia do que seria. Serviu-se de um pouco de gim, sentou-se e pôs-se a separar todos os papéis relacionados às empresas da família. Teria muito trabalho pela frente, e via os próximos dias tomarem forma ali, naquele instante. Tentaria de todas as maneiras visitar Molly. Não estava certo de quando estaria novamente com ela. Atravessou o resto da manhã e toda a tarde trancado em sua sala.

※

Katherine retornara ao anoitecer. Charles não lhe fez perguntas. Trocaram algumas palavras apenas durante o jantar.

— E então, como está seu pai?

— Bêbado, perdido, doente.

— É uma pena vê-lo entregar-se dessa forma... Sempre foi um homem tão forte...

— Ficarei responsável pelas empresas de agora em diante. Ele não está mais em condições de dedicar-se a elas.

— Oh... Como é triste...

— Infelizmente não há nada que eu possa fazer. É um velho teimoso, não me ouvirá. Sequer interessou-se em ouvir sobre os investimentos que farei em Frankfurt.

– Irá de fato arriscar-se?

– Sim, e estou animado. Acredito ser a hora exata para isso. Devo retornar nos próximos dias, procurarei uma casa por lá.

Katherine o encarou, surpresa:

– Está de mudança?

– Não. Bem, na verdade, não por completo. Serei obrigado a dividir-me frequentemente e você bem sabe que hotéis não me agradam.

– Sim. Sei.

Katherine revirava a comida no prato, pensativa. Sentia-se incomodada que o marido sequer mencionasse a sua ausência naquele dia. Resolveu tocar no assunto.

– Bem... você deve ter estranhado a minha ausência hoje. Na verdade, estive na companhia de...

– Não importa.

– Como?

– Não precisa dizer nada, Katherine. Não desejo saber.

Permaneceram em silêncio, sem mais trocar olhares. Charles logo se levantou, dizendo:

– Com licença, irei até minha sala. Há muito o que organizar.

Virou as costas e saiu, deixando uma silenciosa e perturbada Katherine sozinha à mesa.

Antes de dormir, Charles escreveu uma carta para que George entregasse a Molly na manhã seguinte.

༺❀༻

Molly abriu a porta, sonolenta e assanhada.

– George?

– Bom dia, senhora. Trago uma carta de meu patrão.

– Carta?

– Sim – disse ele, estendendo-lhe o envelope.

Molly levou alguns segundos para pegar o papel. Sentia o agora habitual desânimo. Por fim, apenas agradeceu e fechou a porta.

Sentou-se à cama. Abriu o envelope e leu as palavras a seguir:

Minha dama,

quanta saudade!

Sinto dizer-lhe que não sei ao certo quando nos veremos.

Meu pai está muito doente e me tornará o único responsável pelas finanças da família. Estou envolvido em diversas burocracias que me tomam tempo e paciência. Sei que esta não é uma notícia agradável, mas em breve estaremos embarcando para Frankfurt! Finalmente passaremos longos momentos juntos. Iremos à procura de nosso novo lar. Poderei beijar toda a extensão de sua pele por horas a fio, sem interrupções. Poderei dormir enlaçado a você, minha dama. Poderemos enfim passear pelas ruas de mãos dadas. Assistiremos a concertos magníficos! A música pulsa por aquelas terras! É maravilhoso! Peço-lhe alguns dias, minha dama. Suportarei essa distância apenas pela certeza de que em breve estaremos unidos.

E livres!

Com amor, do seu

Charles

Molly apertou o papel contra o peito e deixou-se cair na cama. Olhava para o velho teto daquele quarto, cujas frágeis teias de aranha resistiam aos esforços das correntes de ar que tentavam em vão derrubá-las. Passou longos minutos assim, imóvel.

Imaginando como seria sua vida noutro país, com outro idioma e outros costumes. Seria extremamente agradável poder caminhar pelas ruas junto a Charles, sem receios. Mas como seria Frankfurt? As pessoas, o clima... Seriam amigáveis? De súbito, vieram à sua mente as companheiras que abandonara no cortiço. Como estariam? Estariam elas conseguindo sobreviver? Permaneciam unidas? E Albert? Teria voltado a procurá-la? De repente, Molly foi tomada pela vontade de revê-las, de rever seu quarto. Aspirar o cheiro ocre do bairro pobre onde morava, o odor de suor e cigarro impregnado em sua cama. Como era difícil a mudança. Ainda que fosse para melhor. Ainda que fosse por um grande amor, para viver o sonho de inúmeras mulheres. Transformar a si mesma em algo novo e satisfazer-se com o resultado. Aquele era o grande desafio oferecido a Molly em troca do amor de um homem.

Seguiram-se mais três dias. Molly abandonara as aulas de piano, mas conseguira que Bettany lhe emprestasse alguns livros. Tentou mergulhar na leitura, mas logo desistiu, pois eram histórias de romances perfeitos, ou de pobreza e desigualdade. Muita fantasia ou muita realidade. Naquele momento, tudo era demais para ela. Passou manhãs, tardes e partes de noites prostrada na cama. Comprou alguns vinhos baratos, embebedou-se, chorou e esperou sua vida ser decidida. Esperou o amor, o futuro, o amanhã. Esperou rever o próprio sorriso e alguma forma de liberdade.

Outra carta de Charles lhe foi entregue posteriormente. Continha palavras apaixonadas, como as que ele escrevera num passado não muito distante:

Minha doce dama,
quando a verei? Quando estarei afundado em vossos lençóis?
Em vossos braços e pernas?
A incompletude me fere o coração e alma.

Meu corpo urge aflito pelo teu a todo o momento.

Ai! Que será de mim?

Que será dos beijos congelados em meus lábios?

Que será de minha pele grosseira sem a delicadeza do vosso ventre?

De vossos seios róseos?

Que será do meu paladar sem o néctar que transborda de tuas coxas suculentas?

Que será de meus ouvidos sem os teus gemidos abrasadores, enlouquecedores?

Que será de minha carne ereta sem a boca esfomeada entre vossas pernas?

Tento, por minhas mãos, esconjurar essa agonia ávida que me toma, aliviar o flagelo de querer-te o suor, a saliva e os sucos de tua intimidade tão feminina.

Tento não querer beijar-te os lábios. Tento esquecê-los a todo instante.

Mas vossa fragrância mescla-se com o que quer que haja ao meu redor.

E me confunde e inebria.

Minha dama,
espero estar novamente em teu corpo, o quanto antes,
pois nele ergui minha morada e meu altar.

Dobrou o papel, guardando-o embaixo do travesseiro que muito mal acomodava sua cabeça. Reconhecia o esforço de Charles em fazer-se presente, de alguma forma. Ainda assim, a aflição embalava seus minutos e segundos. Passou a olhar freneticamente pela janela, na esperança de ver chegar a carruagem do amado, dentre as tantas que atravessavam as avenidas movimentadas do bairro.

Mais dois dias se passaram e enfim ouviu batidas na porta. Não tomava banho desde o dia anterior. Sequer raciocinou que Charles possuía a chave. Destrancou a porta e não conseguiu disfarçar a frustração ao ver George mais uma vez:

– George?

– Boa tarde, Madame. Venho avisar-lhe que a viagem para Frankfurt está programada para a manhã do próximo sábado. Deve estar pronta às sete horas.

– George, Charles não virá antes disso?

– Não saberia dizer-lhe, Madame. Este é o único recado que trago comigo.

O cocheiro percebeu a expressão desolada da mulher à sua frente. Parecia ter chorado, bebido, chorado, dormido, acordado, chorado, bebido de novo. Cheirava a suor velho e a cigarro. Resolveu tentar justificar a ausência de Charles:

– Ele tem estado deveras ocupado, Madame. Invariavelmente vai à casa do senhor Paul O'Connor, ao banco. Dirigiu-se a Lancaster duas vezes nos últimos cinco dias. Parece bastante assoberbado.

Molly sequer retrucou. Permanecia em silêncio, os olhos pairando sobre o cocheiro, mas encarando o nada. George observou-a por alguns segundos e então, com certa impaciência, fez menção de retirar-se, dizendo:

– Devo ir agora, Madame. Sábado, às sete da manhã?

– Sim, George. Sábado, sete da manhã. Estarei pronta.

XXV

Manhã cedo de um sábado inicialmente ensolarado. A porta do pequeno quarto foi aberta e Charles logo viu Molly sentada na cama, com as bagagens aos seus pés. Usava um vestido vermelho, diferente do que ela vestia no dia em que se conheceram. Parecia bem disposta. O quarto estava limpo e arrumado. A cama, sem lençóis. Charles abriu um imenso sorriso enquanto fechou a porta:

– Minha dama! Está linda!

Abraçaram-se. Beijaram-se. Molly estava séria, mas a euforia de Charles não o permitiu perceber. Então ele perguntou:

– Está pronta para conhecer o continente?

Molly se afastou delicadamente, sem abandonar, porém, os braços do homem. Seus olhos tristes encararam os belos olhos azuis.

– Não, Charles. Não estou.

Ele não entendia, e franziu a testa. O sorriso largo sumiu aos poucos, dando lugar a uma expressão de estranhamento inocente.

– Como?

– Não estou pronta.

— Como não? Vejo sua bagagem...

— Não irei com você, Charles.

Ele se afasta.

— E aonde irá?

Molly diz apenas:

— Irei para casa.

— Não estou entendendo, Molly. Foi para isso que vim buscá-la, para encontrarmos a nossa casa.

— Charles, não vou morar na Alemanha. Não vou com você.

— E para onde você vai? – voltou a perguntar, desta vez bastante alterado.

— Vou para casa. Para o lugar de onde nunca devia ter saído!

Charles soltou uma gargalhada sarcástica:

— Então imagina que o seu pai a aceitará de volta?

— Não me refiro à casa de meus pais.

A fúria brotava e rapidamente aumentava. Ele não acreditava no que acabara de ouvir.

— Não, Molly. Deve estar enganada. Ou devo estar louco! Você não está se referindo ao prostíbulo imundo de onde te resgatei, está?

— É a minha casa. Sinto falta das minhas amigas, sinto falta da vida que eu tinha...

— Sente FALTA da vida que tinha?! Isso é demência! Está delirando, não é possível que fale sério!

— Charles, eu entendo que seja difícil de aceitar, mas é a pura realidade! É o lugar a que pertenço.

— Não me fale uma estupidez dessas! Sou capaz de quebrar-lhe os ossos da face!

— Quebre-os! Quebre-me os ossos, os dentes, estoure meus olhos, faça como queira!

O empresário suava. A ira explodia por todos os poros.

– Você não tem o direito de sequer pensar numa coisa dessas! Não vê que quero salvá-la, mulher estúpida? Como pode ser capaz de uma atitude como esta depois do que fiz por você?

– Então devo ir para demonstrar minha gratidão?

– Deve ir porque é a escolha óbvia e inteligente a se fazer!

– A escolha ainda é minha! Burra ou astuta, a decisão é minha!

Charles agarrou-a pelos braços, sacudindo-a enquanto gritava, desesperado:

– Não me ama? Diga-me, agora! Não me ama?

– É claro que amo! Jamais senti por alguém sequer a metade do que sinto por você...

– Então me ajude a entender, Molly! Quer o sofrimento? A humilhação? A pobreza em detrimento de uma vida enfim digna ao lado de alguém que a ama e respeita?

– Charles, eu não nasci para isso! Não nasci para ser uma esposa! Não nasci para a espera e para a solidão!

– Solidão? Jamais te ofereceria a solidão! Estaremos juntos...

– Por alguns dias! E a estes seguirão dias claustrofóbicos como todos os que passei enfurnada neste quarto!

– Protegida!

– É uma proteção cara demais! Não posso pagar por ela.

Eles discutiam de pé, de frente um para o outro, encarando-se. Cada palavra soava como bomba nos ouvidos de ambos.

– Prefere ficar à mercê de Albert? Ele irá te procurar, Molly.

– Paciência! São as agruras da minha vida.

– Não... não posso aceitar isso. Não posso acreditar que esteja falando sério! Não consigo engolir tamanha... asneira!

Ele andava de um lado para o outro, passando freneticamente as mãos nos cabelos recém-lavados.

– Charles... desde que saí do cortiço, estive no máximo dois dias com você, e sequer foram dias inteiros. No resto do tempo, fiquei a zanzar pelas ruas, a beber, dormir, fumar, comer, chorar! Não conversava com ninguém, não me divertia...

– Poderá fazer isso na Alemanha, minha dama! Sei que irá gostar!

Ele estava desesperado.

– Não, Charles. Terei sua companhia por alguns dias, e nos outros continuarei ilhada! Perdoe-me, mas sou capaz de lacerar meus pulsos se continuar vivendo desta forma!

– Estaremos juntos!

– NÃO! Não estaremos, Charles! Acorde desse sonho ingênuo e encare a realidade! Você já é casado! Tem família, negócios, é rico, atarefado e deverá ocupar-se ainda mais!

– Por que, Molly? Por que não tentamos?

– Porque corro o risco de morrer de tristeza! No cortiço, eu vivia uma vida indigna, como gosta de dizer. Mas feliz, apesar de tudo. Não tive um dia sequer de solidão! Um dia sem sorrir ao menos uma vez, sem ouvir uma voz familiar. Pobre e indigna, eu tinha muito do que precisava para me sentir... viva!

Charles sentara na cama com as mãos na cabeça. Chorava. Molly ajoelhou-se na frente dele:

– Por Deus, homem. Faltará um pedaço de mim, esteja onde estiver. Mas se eu ficar... ao menos terei alguém para chorar comigo.

– Molly... tudo o que fiz foi te dar meu amor! Amor este que nunca havia sentido!

Molly soluçava, encostada nos joelhos dele:

– Sei disso, meu bem... meu querido... também eu jamais havia experimentado sensações tão sublimes até conhecê-lo.

Agarrou-se às pernas de Charles:

– Oh, destino desgraçado! Por que não foi você o homem que meu pai escolheu para casar comigo? Por que não tive a oportunidade de conhecê-lo antes?

Ficaram os dois, por longos minutos, dividindo a tristeza solitária daquele momento. Solitária porque nenhum dos dois poderia conceber a dor amarga do outro. A angústia, o medo, a decepção. O desamparo.

– Devia tê-la engravidado... Devia ter tido um filho com você quando tive chance.

– E o que isso garantiria?

Ele a olhou, sério:

– Se você me ama, virá comigo. Enfrentará qualquer coisa junto a mim!

– Isso é tolice romântica, Charles!

– Não, não é!

– Pois então, se você me ama, pedirá o divórcio! Serei a sua esposa, a única! Iremos para a Alemanha e você fincará suas raízes por lá, sem se dividir! Virá visitar seus filhos, mas sua esposa serei eu!

Ele balançava a cabeça, atordoado.

– Vê? – disse ela. – Vê como a realidade difere dos nossos desejos? Vê como a razão e a paixão são forças antagônicas? Não pode deixar a sua mulher. E não posso ignorar tamanha infelicidade.

Ficaram alguns minutos em silêncio. Molly disse, finalmente:

– Ouça... Faça a sua viagem. Resolva seus problemas, dedique-se. Como disse, o seu pai necessita de você. Ao regressar, conversaremos.

Charles encarou-a, profundamente magoado.

– Não, Molly. Não voltarei para aquele antro que te abrigava. Não voltarei a imaginar quantos homens estão deitando em sua cama enquanto estou longe. Se não me acompanhar agora, será o fim.

Ela permaneceu minutos em silêncio, estática. Tentava sorver aquela ideia, sem sucesso. Por fim, levantou-se. Sua consternação era intensa e plácida na mesma medida. Olhou em volta. Pegou algumas sacolas nas mãos e perguntou:

— Você me ajudaria a voltar para o cortiço?

Ele olhou para ela, incrédulo, raivoso. Ferido.

— Não. Soube chegar lá uma vez. Estou convicto de sua capacidade. Saberá retornar. Sozinha.

Ela respirou fundo. Não teve coragem de dizer adeus. Virou-se e, com muito custo, abriu a porta do quarto e saiu, quase caindo escada abaixo. Deixou para trás Charles sentado à beira da cama. Inconformado.

No relógio em seu bolso, sete e meia da manhã. Deveria partir o quanto antes.

※

No início da tarde, Molly regressou ao cortiço, exausta. Os olhares surpresos por onde passava não a assustavam mais. Estava muito ferida para preocupar-se com o mundo lá fora. As paredes externas do bordel pareciam ainda mais sujas e descascadas, e estampavam a inscrição "Queimem, meretrizes!", em preto. Sentiu um frio percorrer a espinha ao se aproximar da porta. E se não a aceitassem de volta? E se nem estivessem mais lá? Deu três fortes batidas. O sol estava alto no céu e Molly suava. Seus cabelos grudavam em seu rosto. Ouviu a porta sendo aberta. Era Sophie.

— Dona Molly?!

A pequena loira abraçou com emoção a velha amiga, que deixou cair as bagagens no chão.

— Sophie, como é bom revê-la!

Logo as outras mulheres vieram até a porta, todas felizes e surpresas. Recolheram a bagagem de Molly, enquanto a acompanhavam para dentro do bordel.

— Dona Molly, o que faz aqui?

— Onde está Charles?

— Está mais magra!

— O que houve?

As perguntas vinham de todas as direções e de todas as vozes. Até que uma delas disse:

— Minha nossa! Deixem-na ao menos se sentar, parece cansada.

Molly sentou-se numa das almofadas no chão. Notou que o lugar parecia tristemente abandonado. Sentiu falta de algumas mulheres.

— Estão todas aqui? Onde está Jane?

— Jane casou-se! Com um dos seus clientes mais fiéis. Escreveu-nos uma vez e parece bastante feliz.

Contaram-lhe que uma delas havia deixado o lugar após engravidar, e outra, uma das mais velhas, morrera de tuberculose num dos pobres hospitais improvisados por freiras e voluntários.

— E vocês, como estão? Têm conseguido se virar?

— Senhora, fazemos o possível...

Molly abaixou a cabeça. Respirava fundo, tentando não chorar. Balbuciou:

— Vim até aqui porque quase morri de saudade de todas vocês. E... me pergunto se ainda há espaço para mim nesse antro.

Elas riram. Sentiam uma imensa alegria.

— Dona Molly, o seu quarto está lá, à sua espera!

— Como?

— Ninguém o ocupou. Nenhuma de nós.

Ouvindo isso, a prostituta caiu no choro. Abraçaram-se. Molly estava novamente no colo da família. Não há nada mais reconfortante quando se tem o coração partido.

Charles viajara atônito e desconsolado. Sentia pena de si mesmo. Na verdade, o que sentia era desespero. Como seria possível esquecer Molly? E precisava, precisava esquecê-la! Que cura haveria para a dor lancinante que se apossava de todo o seu ser? Sem amor. Charles deu-se conta de que sempre conseguira viver sem amor. Até Molly invadir sua vida como um tornado destruidor e implacável.

Na Alemanha, dedicara-se de corpo e alma ao trabalho. Logo encontrou uma casa pequena e confortável onde poderia se instalar. Passava dias inteiros trabalhando, caminhando, calculando, planejando. Fugindo. Inicialmente, passaria duas semanas em Frankfurt. Retornou a Londres quase dois meses depois, a tempo de acompanhar os últimos dias de vida de seu pai. O filho de Julie estava prestes a nascer; Francis raramente aquietava-se em casa. Um silêncio triste imperava na ostentosa residência de Paul O'Connor. Katherine parecia feliz em revê-lo. Tratava-o agora como um bom amigo. Seus filhos pareciam ainda mais crescidos e incontroláveis. Era bom revê-los, sentia falta dos pequenos. Mas dez dias após a morte do pai, Charles fugiu novamente. Retornou à Alemanha antes que cedesse à terrível vontade de ir ao encontro de Molly.

Molly voltara a se prostituir como antigamente. Realizara humildes reformas no prostíbulo, que aos poucos recuperava os velhos clientes. Albert não voltou a importuná-la. Soube depois que o velho já não caminhava mais, depois de ter sido acometido por uma grave moléstia. Molly voltou a ganhar algum dinheiro. Não era o mesmo montante dos tempos áureos, mas era mais do que as meninas conseguiam arrecadar sozinhas. Voltava devagar à antiga vida. Mas era uma pessoa incompleta, que chorava quase todas as noites ao se lembrar do único homem de sua vida. Nunca se permitia pensar na escolha que fizera, pois tinha medo de se arrepender. E já estava feito.

E, assim, o inexorável tempo moldava as vidas dos antigos amantes. Charles resolveu vender outra fábrica e desta vez obteve êxito. Viu seus investimentos se multiplicarem e seus lucros aumentarem mais do que o previsto. De tempos em tempos, recebia a visita de Katherine e dos filhos. Suas idas a Londres rareavam cada vez mais.

Certa tarde, Molly recebera uma carta. O choque foi tão intenso que passara o resto do dia absorta em lembranças. Era de Charles. Palavras saudosas, ainda tristes e dolorosas. Diversas vezes, ela sentou-se e escreveu respostas enamoradas e aflitas, que eram invariavelmente rasgadas e jogadas no lixo tão logo terminavam de ser escritas. Convenceu-se de que Charles se transformara numa ferida não curada, sempre pronta a inflamar, doer e sangrar.

Charles e Molly. Partes um do outro que não teriam de volta.

Molly prostituiu-se até os trinta e nove anos, quando faleceu em virtude de uma infecção generalizada, proveniente da complicação de um aborto.

Charles tornou-se um empresário mais bem-sucedido do que o pai. Seus negócios expandiram-se até a Ásia e a América. Nunca se separou de Katherine, tampouco amou novamente. Morreu aos sessenta e sete anos, acometido por um mal súbito durante uma viagem de retorno a Frankfurt.

Os escritos de Charles resistiram aos anos até serem compilados num livro pelo editor de um jornal de grande circulação em Londres. Foi um dos livros mais vendidos daquele ano, alheio à censura e aos ataques dos conservadores. A origem dos contos sobre os amantes anônimos era cercada de mistérios que apenas alavancavam ainda mais as vendas.

O título da obra: "A Dama de Papel".

Este livro foi composto nas fontes Bell MT (TT) e Old London
e impresso em papel *Norbrite* 66,6 g/m² na gráfica Imprensa da Fé.